MARY ANN FOX

JE LAUTER DER STURM

EIN CORNWALL-KRIMI

atb aufbau taschenbuch

MIX
Papier aus verantwortungsvollen Quellen
FSC® C083411
FSC
www.fsc.org

ISBN 978-3-7466-3783-9

Aufbau Taschenbuch ist eine Marke
der Aufbau Verlage GmbH & Co. KG

2. Auflage 2022

Umschlaggestaltung www.buerosued.de, München
unter Verwendung eines Bildes von mauritius images/
Anthony Brown/Alamy
Gesetzt aus der Sabon durch Greiner & Reichel, Köln
Druck und Binden CPI books GmbH, Leck, Germany
Printed in Germany

www.aufbau-verlage.de

Hatred is so much easier to win than love – and so much harder to get rid of.

Enid Blyton

Cornwall, September 1971

»Das ist nicht lustig!«

Terrys Stimme zitterte, und er schob sich den Gurt seiner großen Sporttasche wieder höher auf die Schulter.

»Wo seid ihr? Verdammt nochmal – ich hole mir hier noch den Tod. Es ist eiskalt hier drinnen.«

Er meinte, aus der Ferne ein leises Lachen zu hören. Wahrscheinlich waren die anderen schon längst aus der Höhle raus. Machten, dass sie nach Hause kamen. Er hätte sich nie mit diesen Idioten einlassen sollen.

»Verdammt. Ihr könnt mich mal. Ich gehe jetzt.«

Wenn sie glaubten, er würde ängstlich in der Höhle warten, hatten sie sich getäuscht. Er war ja nicht dumm. In zehn Minuten würde er hier raus sein.

Er drehte sich um und betrat den schmalen Gang zu seiner rechten Seite. Dort hatten sie ihn unter Lachen hineingebracht. Er musste ihm nur folgen, sich links halten und aufpassen, nicht über eine der alten Holzschwellen zu stolpern, die in unregelmäßigen Abständen in den Boden eingelassen waren. Ganz einfach. Auch, wenn er die Hand nicht vor Augen sehen konnte.

Um sich Mut zu machen und den anderen zu beweisen, dass sie ihm mit ihrer lächerlichen Aktion keine Angst machen konnten, begann er ein Lied zu summen.

Tom Tom turnaround – der Hit von New World ging ihm seit Wochen nicht mehr aus dem Ohr, und jetzt pfiff er ihn, um gegen die Dunkelheit anzukommen.

Wieso hatte er sich bloß überreden lassen mitzukommen? Er hätte nach dem Spiel einfach auf seine Schwester warten und mit ihr nach Hause gehen sollen.

Stattdessen war er zu den Idioten ins Auto gestiegen. Sie wollten ihm die Höhlen am Slate Beach zeigen, ihren geheimen Treffpunkt, wie sie es nannten. Er hatte nur lässig genickt und ein Grinsen unterdrückt. Er wusste, wo sie sich trafen. Als er neu nach Cornwall gekommen war, hatte er zusammen mit seiner Schwester Wendy die Höhlen entdeckt und vorsichtig erforscht. Hinter dem Rücken ihrer Eltern, die als waschechte Londoner bei der Vorstellung, ihre Kinder könnten in alten Höhlen und Schächten spielen, sicherlich in Panik verfallen wären.

Also hatte er gewusst, wo sie hinfuhren. Aber er hatte nichts gesagt. Es tat gut, einmal nicht Opfer der Sprüche und Witze der anderen Jungs zu sein. Es war cool, in Gavins Auto zu sitzen und sich durch das weit aufgedrehte Fenster den kalten Abendwind um die Nase wehen zu lassen. Im Radio hatten die Doors gespielt, und er hatte sich super gefühlt.

Wieder lief ein Schauer über seinen Rücken, und er unterdrückte mit aller Kraft das Bedürfnis, über seine Schulter in die Dunkelheit hinter sich zu starren. Dort war nichts. Bloß nicht die Nerven verlieren. Die anderen waren schon längst weg, hatten die Taschenlampen mitgenommen, waren über den Strand gelaufen und die enge, in die Klippen gehauene Treppe hinaufgegangen zu Gavins Auto. Alles war eine verdammte Falle gewesen. Sie wollten ihn eine Nacht allein durch die kalten Höhlen irren lassen. Wahrscheinlich standen sie schon längst wieder mit den anderen im Dorf am Hafen und prahlten mit ihrer jüngsten Gemeinheit gegen den »Neuen«. Verrückt. Er lebte jetzt schon seit drei Jahren mit seinen Eltern in dem kleinen Cottage am Ende der Welt. Und trotzdem war und würde er immer der Neue bleiben.

Er würde weitergehen, immer die Felswand entlang zum Ausgang, und sich dann etwas überlegen, um sich zu rächen. Vielleicht würde er Wendy fragen. Seine kleine Schwester war mit ihren dreizehn Jahren zwar fast drei Jahre jünger als er, aber hatte jetzt schon eine spitze Zunge und einen schnellen Verstand. Sie wäre nie so naiv gewesen, den Jungs so einfach in die Höhlen zu folgen. Der Gedanke an Wendy und seine Eltern, die zu Hause in dem warmen Cottage auf ihn warten würden, beruhigte ihn.

Er liebte das kleine Cottage mit seinem großen Garten sehr und vermisste London und sein altes Zuhause kaum. Er war hier schnell in die Fußballmannschaft aufgenommen worden und spielte dort als Stürmer. Alles könnte perfekt sein, wenn nicht die Brüder Shane und Gavin Hunter beschlossen hätten, ihm das Leben schwerzumachen. Denn vor ihm war Shane der Stürmer in der Mannschaft gewesen. Terry hatte seinen

Platz eingenommen. Kein guter Weg, um sich Freunde zu machen. Die beiden Brüder Hunter bildeten mit Stuart Lewis und dem Kotzbrocken Roger Wood ein unzertrennliches Quartett. Terry hätte es wirklich besser wissen sollen, als den vier Idioten ihre plötzliche Freundlichkeit abzunehmen.

Aber sie hatten an dem Tag das Spiel gewonnen, zusammen gejubelt. Sie waren verdammt nochmal eine Mannschaft, ein Team – und er war ein Idiot, dass er das Ganze auch nur eine Sekunde lang geglaubt hatte.

Der Gang wurde breiter, er konnte jetzt das leise Rauschen der Wellen hören. In die Dunkelheit der Höhle schlich sich die erste Ahnung der mondhellen Nacht. Terry atmete tief ein und trat hinaus auf den feinen Sand des Strandes. Die Flut hatte ihren höchsten Punkt erreicht, und die Wellen schwappten bis kurz vor seine Turnschuhe. Er konnte von Glück sagen, dass die Nacht so ruhig war; bei Sturm aus Südwesten würde das Wasser bis in die Höhle gedrückt werden. Auch wenn er nicht wirklich daran gezweifelt hatte, den Weg aus der Höhle zu finden, holte er erleichtert Luft.

1

»Und? Wie findest du es?«

Mags spürte, wie Sam sie gespannt beobachtete, und versuchte, ein möglichst unbeteiligtes Gesicht zu machen. Vergeblich. Sie lachte und griff nach seiner Hand.

»Es ist wunderschön. Ich wusste, dass hier irgendwo noch ein Cottage liegt, bin aber nie die Zufahrt weiter hinuntergegangen.«

Mags' Blick wanderte über das geduckte, weiß getünchte Haus mit seinen hellgrün gestrichenen Sprossenfenstern und dem Dach aus Reet hin zu den drei großen alten Weiden neben dem schmalen Bachlauf in einem verwilderten Garten. Die Sonne schien, der Mai hatte Einzug in Cornwall gehalten. Im Garten blühten unter den Bäumen die wilden Maiglöckchen, und in den zugewucherten Beeten hatten einige Pfingstrosen ihren Platz verteidigt und streckten ihre schweren Blüten der Sonne entgegen. Am Bachufer wuchsen wilde Orchideen, und die Weiden strahlten in hellem Grün. Mags legte den Kopf in den Nacken. Schwalben stiegen aus ihren Nestern am First des Hauses zu tollkühnen Flugmanövern auf. Schon bald würde aus den Nestern das laute und fordernde Rufen der Jungen zu hören sein. Mags drückte Sams Hand und spürte den schmalen goldenen Ring an seinem Finger, den er seit einigen Wochen Tag und Nacht trug.

»Wusstest du, dass Schwalben am Haus Wohlstand und Glück bedeuten?«

Mags liebte den Mai, auch und gerade, weil er für sie und ihr Unternehmen, den Evergreen Gartenservice, viel Arbeit brachte. Sie hatte sich darauf spezialisiert, Gärten neu anzulegen und sich um die Außenanlagen der vielen Feriencottages in der Region zu kümmern. Ihr volles Auftragsbuch und die stetig steigende Menge an Stammkunden ließen ihr Unternehmerinnenherz schneller schlagen. Durch die Umgestaltung des Geländes einer alten Zinnmine zu einer Erlebnislandschaft mit unterschiedlichen Biotopen und Schaugärten waren sie und ihre Firma über die Grenzen Cornwalls hinaus bekannt geworden. Vor kurzem hatte sie zwei ihrer Aushilfen fest eingestellt, und zurzeit suchte sie dringend nach einer weiteren Kraft, die ihr vor allem den immer größer werdenden Haufen an Papierkram abnahm. Sie liebte ihre Arbeit, und sie liebte es, erfolgreich damit zu sein.

»Es wird das Meadow Cottage genannt.«

Sams Stimme holte sie aus ihren Gedanken zurück, und sie sah neugierig zu ihm auf.

»Warum sind wir hier, Sam?«

Sam Hawthorne, Historiker und Autor. Groß und schlaksig stand er da, die Hände in den Taschen einer seiner üblichen Cordhosen, und lächelte sie an. Wenn sie dieses Lächeln sah, wurde ihr warm ums Herz. Vor zwei Jahren hatten sie sich kennengelernt und ineinander verliebt. Was auch immer diese letzten Jahre ihr gebracht hatten – Sam war das größte Geschenk.

Seine Haut hatte immer noch den hellen Bronzeteint, eine Erinnerung an die tropische Sonne und an ihre Reise nach Belize, von der sie vor einigen Wochen zurückgekehrt waren. Nicht irgendeine Reise, nein. Ihre Hochzeitsreise.

An Mags' linker Hand glänzte ihr Ehering – und dass Sam ihr zum Ring direkt eine passende Kette geschenkt hatte, damit sie ihn während ihrer Arbeit um den Hals tragen konnte, zeigte nur, wie gut er sie kannte.

Sie hatten schnell und überhastet auf dem Standesamt von Truro geheiratet und waren von dort direkt nach London zum Flughafen gefahren. Nicht gerade die große und fröhliche Hochzeit, die sich die meisten Einwohner von Rosehaven für ihr Traumpaar gewünscht hatten. Aber die Umstände hatten plötzlich etwas anderes gefordert. Mags ahnte, dass sie und Sam noch viele, viele Runden im Golden Budgie, dem einzigen Pub Rosehavens, ausgeben müssten, um das Dorf wieder zu versöhnen.

Sam lächelte sie weiterhin etwas verlegen an. Er hatte sie vor einer halben Stunde von ihrer Arbeit am Schreibtisch weggelotst mit der Ankündigung einer Überraschung. An einem Sonntag über Plänen und Abrechnungen zu sitzen, war nur einer der Preise, die Mags für ihre Selbstständigkeit zu zahlen hatte. Sie brauchte dringend jemanden, der ihr den ganzen Bürokram abnahm. Und sie hatte auch schon eine Idee, wer das sein könnte.

Sam zog sie an der Hand weiter in den Garten und den kleinen Hügel neben dem Bach hinauf.

»Ist das nicht einfach wunderbar hier?«

Mags nickte. Das Cottage war an seiner Rückseite über die gesamte Länge mit einem Wintergarten aus Holz erweitert worden. Das Reetdach war von zwei großen Gauben unterbrochen, die sicherlich viel Licht ins Obergeschoss ließen. Obwohl alles neu gestrichen werden musste, eine Scheibe des Wintergartens einen großen Sprung hatte und das Reetdach an der ein oder anderen Stelle etwas zerrupft aussah und ausgebessert werden musste, strahlte das Haus eine Beständigkeit und Stabilität aus, die sich sofort auf sie übertrug.

Ein perfekter Ort. Mags schmiegte sich an Sams Seite.

»Soll ich den Garten neu anlegen? Hast du einen Auftrag für mich an Land gezogen? Ich würde das wirklich sehr gerne tun, ich weiß einfach nur nicht, wann ich Zeit finde. Aber wahrscheinlich wird zuerst ohnehin noch das Haus renoviert, und dann könnte ich …«

Sie ging im Kopf ihren viel zu vollen Terminkalender durch und versuchte, noch irgendwo ein Plätzchen zu finden. Sie wollte sich unbedingt dieses Gartens annehmen – lange hatte sie kein Stück Land mehr gesehen, das so nach ihr und ihrer Fürsorge rief.

Sam unterbrach ihre Gedanken und drehte sie an den Schultern zu sich um.

»Nein. Kein weiterer Auftrag.«

Er gab ihr einen sanften Kuss.

»Aber wenn du Ja sagst, darfst du den Garten so gestalten, wie du möchtest.«

»Wenn ich Ja sage? Wozu?«

Mags spürte, wie ihre Knie weich wurden. Sie hielt die Luft an.

»Du meinst …?«

»Ja. Es steht zum Verkauf.«

Sie hatten in den letzten Monaten öfter davon gesprochen, dass sie gemeinsam ein neues Zuhause suchen würden, aber noch kein Haus gefunden, das ihnen gefiel – und das sie sich leisten konnten.

Mags war tief verwurzelt in dem kleinen Dorf Rosehaven, in dem sie ihre Kindheit und Jugend verbracht hatte und in dem sie nach einigen turbulenten Jahren in Amerika auch wieder Schutz und ihren Frieden gefunden hatte. Sam hatte daher vor einigen Monaten sein Leben umgekrempelt und seine Stelle in Oxford und seine Karriere als Historiker aufgegeben, um in Cornwall bei Mags zu leben und sein Glück als Autor zu versuchen.

Zurzeit lebten sie auf allerengstem Raum in dem umgebauten Schuppen, der Mags die letzten Jahre als Wohnhaus und Büro gedient hatte. Ein zauberhafter, romantischer und perfekter Ort für eine einzelne Person – ein ziemlich enger und mittlerweile aus allen Nähten platzender Ort für ein Paar.

Mags würde ihn und ihre Freundin und Vermieterin Miss Clara, in deren Rosengarten der Schuppen stand, vermissen. Nicht aber die Enge und die vielen Bücherstapel, die sie morgens umrunden musste, um an ihre erste Tasse Tee zu gelangen.

Mit einem tiefen Seufzer stieß Mags die Luft wieder aus.

»Ach, Sam! Wenn es auf den Markt kommt, dann werden die Angebote aus London schnell durch die Decke gehen. Es ist wirklich wunderschön. Und die Lage ist ein Traum. Aber so ein Haus können wir uns nicht leisten.«

Sie hatte schon allein wegen ihrer Arbeit viel mit den neu renovierten Ferienhäusern in der Gegend zu tun und wusste, was einige der Londoner bereit waren, für ein Cottage wie dieses zu bezahlen.

Sam schüttelte den Kopf.

»Es wird nicht auf den freien Markt kommen. Denn ich habe ehrlich gesagt den Kaufvertrag schon fast unterschrieben.«

»Du hast was?«

»Es tut mir leid. Ich wollte dich überraschen. Jim hat mich auf die Idee gebracht.«

Jim war ein Freund von Mags' verstorbenen Vater und hatte ihr stets zur Seite gestanden. Nach einem heftigen Streit im letzten Jahr und der darauffolgenden Versöhnung waren sie und der ehemalige Surfer und Althippie sich näher als je zuvor. Mags war froh, sich auf Jims Stärke und Energie verlassen zu können. Aber warum in aller Welt hatte er Sam ein Haus wie dieses gezeigt, das sie sich sowieso niemals würden leisten können? Jim wusste doch, dass die Immobilienpreise für die alten Cottages jeder Krise zum Trotz Jahr für Jahr stiegen und es den Einheimischen fast unmöglich war, noch selbst etwas zu kaufen.

»Das Cottage gehört einer guten alten Freundin von ihm. Sie hat es von ihren Eltern geerbt und zwischendurch immer mal wieder vermietet. Die letzten Mieter sind vor einigen Jahren ausgezogen, seitdem steht es leer. Jim scheint sich als eine Art Hausmeister um alles gekümmert zu haben. Jetzt will seine Freundin zu ihren Kindern nach Frankreich ziehen und das Haus in gute Hände abgeben. Es hängen wohl einige Erinnerungen daran. Sie hat Jim gefragt, ob er einen geeigneten Käufer kennt, jemanden, der das Haus schätzen wird und es wieder mit Leben erfüllt. Sie will einfach nicht, dass es zu einem Ferienhaus gemacht wird. Und da hat Jim mich angerufen.«

Sam hatte sehr schnell gesprochen, und Mags schwirrte der Kopf.

»Und wann habt ihr das alles besprochen?«

Ihr Mann wurde rot.

»Vor zwei Wochen. Du warst so beschäftigt mit der großen Eröffnung der Mine in Drabstock und den anderen Aufträgen, und ich wollte erst einmal herausfinden, ob das Cottage überhaupt infrage kommt.«

Bevor Mags etwas sagen konnte, redete Sam schnell weiter.

»Jim hat mir alles gezeigt. Innen muss einiges getan werden. Aber die Fenster und der Wintergarten sind gut in Schuss, das Dach ist dicht und vor einigen Jahren erneuert worden, und die Leitungen sind zwar alt, aber sie funktionieren. Jim hat sich alles angesehen – und ich vertraue seinem Urteil.«

Mags nickte.

»Wenn Jim sagt, dass es solide ist, dann ist es das. Aber es wird zu teuer sein. Das Grundstück ist riesig.«

Und wunderschön. Mags schluckte. Es war das schönste Haus, das sie seit langem gesehen hatte.

»Ja, der kleine Wald hinter dem Bach gehört auch noch dazu. Und die beiden Wiesen neben dem Zufahrtsweg, sie sind allerdings noch verpachtet. Kate March hat einige ihrer Kühe dort stehen.«

»Sam, wir sprechen hier über wahnsinnig viel Geld, oder?«

Er nannte eine Summe, bei der Mags erst einmal nach Luft schnappen musste.

»Ich weiß. Aber es ist trotz allem ein Schnäppchen für die Größe und die Lage.«

Mags sah sich wehmütig um und dann Sam in die Augen. Er hatte recht, der Preis war gut – aber so viel Geld hatten sie nicht.

»Schnäppchen hin oder her. Wir können uns das nicht leisten.«

Sam jedoch schien ihr gar nicht zuzuhören und redete einfach weiter.

»Und hast du die großen Scheunen am Weg vorn gesehen? Sie gehören mit zum Cottage, wurden früher als Ställe und dann als Garagen genutzt. Jim sagt, sie sind stabil und neuer als der Rest des Hauses. Und dass sie mit etwas Einsatz zu einem Büro und einem Lager umgebaut werden könnten.«

»Ein Büro?«

»Ja. Geschäftsräume. *Deine* Geschäftsräume. Ein Raum, in dem du Kunden empfangen und dich mit ihnen besprechen kannst. Ein Lager für dein Werkzeug und für Materialien. Platz für einen zweiten Transporter. Für deine Firma. Und genug Land dahinter, für ein eigenes Gewächshaus zum Beispiel. Ich habe mit der Bank gesprochen, und sie sehen eine Möglichkeit, wenn das Haus und das Gelände gleichzeitig auch Sitz deiner Firma werden würden.«

Mags schluckte.

»Das geht mir zu schnell.«

Sam nahm sie in den Arm, und sie atmete tief seinen warmen und vertrauten Geruch ein.

»Du weißt doch selbst, dass aus deinem ursprünglich mal kleinen Unternehmen längst eine beachtliche Firma geworden ist. Du brauchst den Raum. Ich brauche ebenfalls mehr Platz. Und zusammen können wir das schaffen.«

Mags schaute sich um. Sie sah die alten Weiden, die ihren Garten bewachen würden. Sah die länglichen Schuppen an der Zufahrt, die mit wenig Arbeit ihr Firmensitz werden würden. Sah das weiß gestrichene Cottage mit seinem Reetdach und die in weiten Bögen über den Garten gleitenden Schwalben. Dieses Cottage könnte ihr Zuhause werden. Ihr gemeinsames Zuhause.

Es war perfekt. Der Plan zwar absolut verrückt, aber dennoch perfekt.

2

»I'm pickin' up good vibrations, she's giving me excitations.«

Mags sang lautstark mit, als sie mit ihrem Wagen über die schmale Straße in Richtung des Meadow Cottages fuhr. Die Sonne schien auf die grünen Wiesen herab, und die grauen Steinmauern am Straßenrand glitzerten, als wären sie mit feinem Goldstaub überzogen. Sie hatte einen MP3-Player an das Radio ihres neuen Transporters angeschlossen und mit ihren Lieblingsliedern bespielt. Der Fahrtwind wirbelte durch das geöffnete Fenster und sie genoss die frische und klare Luft.

Noch vor zwei Jahren hatte sie an einem ebenso schönen Tag in ihrem alten, heißgeliebten grünen VW Bus mit dem Namen Puckpuck gesessen und dasselbe Lied gesungen. Was war seitdem alles passiert! Sie freute sich darüber, dass trotz aller Abenteuer, Tragödien und Veränderungen die grünen Hügel Cornwalls noch genauso vor ihr lagen wie damals. Bis vor einigen Jahren hatte sie noch nicht gewusst, wie viel Kraft ihr ihr Zuhause geben würde. Und nun hatte sie den nächsten Schritt getan und sich ihr eigenes Stück Land mit ihrem eigenen kleinen Haus gekauft. Zusammen mit Sam. Es war perfekt.

Ihr neuer Transporter war rot und hatte sich immer noch nicht das Recht auf einen Namen verdient.

Ihm fehlte es eindeutig an Persönlichkeit, einen Mangel, den er allerdings durch funktionierende Bremsen, eine Servolenkung und einen jederzeit wie ein Kätzchen schnurrenden Motor wieder wettmachte.

Sie würde mit Sam heute Abend darüber sprechen, zusammen würden sie es sicherlich schaffen, einen guten Namen zu finden.

Durch die geöffneten Fenster konnte Mags trotz der Musik schon beim Abbiegen in die schmale Zufahrt zum Cottage lautes Bohren und Hämmern hören.

Sie hatten beschlossen, dass die Handwerker zunächst die Schuppen an der Seite des Weges ausbauen sollten. Sie würde zwei Büros, einen offenen Empfangsraum und mehrere Lagerräume in die alten Mauern setzen. Hinter den beiden Schuppen würde es genügend Lagerfläche für ihre Materialien und außerdem zwei überdachte Parkplätze geben. Sie hatte Pläne für zwei flache Gewächshäuser erstellt, die auf der Wiese hinter dem Gebäude zusammen mit einigen Freilandbeeten angelegt werden sollten. Wenn sie erst einmal in der Lage wäre, einen Teil der Pflanzen, die sie benötigte, selbst zu ziehen, würde das ihren Gewinn steigern.

Die Verhandlungen mit der Bank über den Kredit zum Kauf waren zäh verlaufen, und mehr als einmal war sich Mags nicht sicher gewesen, ob sie es schaffen könnten. Am Ende aber hatte die Bank ihrem Geschäftsplan zugestimmt und den Kredit bewilligt. Mags' guter Ruf, der gewonnene Wettbewerb um die Mine in Drabstock, die Zusammenarbeit mit dem bekannten Landschaftsarchitekten Gulliver und die seit Gründung ihres Unternehmens steigenden Einnahmen hatten den Ausschlag gegeben. Sam hatte sein Erspartes und den Erlös aus dem Verkauf seiner Wohnung in Oxford mit in den Topf geworfen, und sie waren sich einig geworden.

Sie wusste nicht, ob sie nach den Hunderten von Unterschriften, die sie und Sam in den unpersönlichen Räumen der Bank in Ennis geleistet hatten, vor Freunde tanzen oder in panische Starre verfallen sollte.

Doch jedes Mal, wenn sie die Einfahrt zum Cottage, zu ihrem neuen Zuhause, hinunterfuhr, war sie Sam erneut aus vollstem Herzen dankbar, dass er es für sie gefunden hatte. Das war ihr Haus.

Mags ließ den Wagen schwungvoll den schmalen Weg hinabrollen, als sie plötzlich aus dem Augenwinkel eine Bewegung sah und mit ganzer Kraft auf die Bremsen stieg.

Für einen winzigen Moment zogen die Bilder einer dunklen Nacht an ihren Augen vorbei, und sie hörte wieder das Geräusch von reißendem Metall. Sie hörte sich selbst schreien, wartete auf den Schmerz und den Geschmack von Blut in ihrem Mund. Doch dann fing ihr Anschnallgurt die Bewegung ihres Körper auf, der Transporter stand, und die Sonne schien warm auf ihre geschlossenen Augen.

»Oh!«

Sie schnallte sich mit einem Fluchen ab, drückte die Tür auf und ließ sich vom Fahrersitz gleiten. Ihr rechter Arm, den es bei ihrem Unfall im letzten Jahr fast zerrissen hatte, schmerzte kurz, aber Mags war noch viel zu erschrocken, um es zu registrieren.

Vor ihr auf der Straße stand ein alter Mann, gekleidet in eine grüne Gärtnerhose und ein ausgeblichenes T-Shirt. Unter einem Strohhut ragten graue Haare hervor, die ein braungebranntes und von Falten durchzogenes Gesicht umrahmten.

Dafür, dass er gerade beinahe von einem Transporter gerammt worden wäre, schien er ausgesprochen gelassen zu sein und lächelte sie an.

»Hallo. Ich suche Wendy.«

Seine Stimme war auffallend rau. Er schüttelte kurz verwirrt den Kopf, als würde er sich selbst über ihren Klang wundern.

»Sie sind aber nicht Wendy.«

Mags holte tief Luft und versuchte, ihren rasenden Puls unter Kontrolle zu bringen. Die Augen des Mannes glitten von ihr über das Auto zum Cottage und wieder zurück.

»Wendy wohnt dahinten. Wollen Sie auch zu ihr? Ich muss ihr etwas erzählen.«

Mags hatte sich wieder halbwegs im Griff. Der Mann lächelte sie an, drehte sich um und ging mit ziemlich wackeligen Schritten weiter.

»Warten Sie!«

Sie eilte an seine Seite und griff vorsichtig nach seinem Arm. Er schüttelte den Kopf.

»Ich habe keine Zeit. Anna wartet mit dem Essen auf mich. Sie mag es nicht, wenn …«

Mitten im Satz brach er ab, und Mags sah, wie seine Augen sich schlossen und sein Gesicht das Lächeln verlor.

»Wartet sie auf mich? Nein. Oder? Sie ist nicht mehr da. Ich glaube, sie ist tot. Sie sah so schön aus damals in ihrem blauen Kleid. Alle wollten mit Anna ausgehen. Aber sie hat mich gewählt.«

Er öffnete die Augen und sah sie an.

»Was machen Sie hier? Sind Sie wegen Wendy da? Ich muss jetzt wirklich mit ihr sprechen.«

Was dann folgte, war nur noch ein Flüstern.

»Bevor ich alles vergessen habe. Terry ... Ich darf das nicht vergessen.«

Seine Stimme schlug wieder um und klang nun eher wie die eines wütenden Kindes. Mags konnte sehen, dass seine Hände und Arme voller blutiger Kratzer waren und seine Gummistiefel voller Matsch und Erde.

»Kommen Sie, wir gehen zum Haus. Ich bin Mags. Mags Blake.«

»Ich bin Stuart. Aber ich muss jetzt zu Wendy!«

Er entriss ihr seinen Arm und ging weiter. Ihr blieb nichts anderes übrig, als ihm zu folgen. Sie könnten vom Haus aus Hilfe rufen.

»Maggie!«

Sie sah auf und lächelte den bärtigen Mann an, der mit großen Schritten auf sie zukam.

Jim hatte die Bauleitung übernommen, und Mags war heilfroh, ihn jetzt zu sehen. Neben ihm ging Sam mit besorgtem Gesichtsausdruck auf sie zu. Sie spürte, wie Stuart an ihrer Seite sich versteifte und stehen blieb.

»Ist alles in Ordnung, Mags?«

»Ja. Alles gut. Ich möchte euch Stuart vorstellen. Er – er kam mir auf dem Weg entgegen, und wir wollen das letzte Stück jetzt zusammen gehen.«

Jim blieb vor dem älteren Mann stehen und sah ihn länger an.

»Stuart? Stuart Lewis, oder? Wir kennen uns von früher. Aus der Schule. Du warst einige Klassen über mir.«

»Ja. Jim. Ich weiß. Du warst immer mit der kleinen Wendy zusammen. Ich suche sie. Ich muss ihr etwas erzählen.«

»Wendy wohnt nicht mehr hier. Sie lebt in London.«

»Nein! Ich muss ihr aber etwas sagen. Ich vergesse es sonst.«

Jims sah den Mann an und sprach beruhigend auf ihn ein.

»Willst du es mir nicht sagen? Wendy ist meine Freundin. Ich telefoniere nachher mit ihr, dann kann ich es ihr ausrichten. Sie kommt nächste Woche her.«

Mags sah von Jim zu Sam.

»Wendy ist die Vorbesitzerin?«

»Ja.«

Der ältere Mann schien verunsichert.

»Wendy ist nicht hier? Aber das muss sie doch. Sie wollte doch niemals weggehen, solange ...«

Er brach ab und schwankte vor Erschöpfung. Bevor Mags ihn fassen konnte, hatte Jim schon einen seiner starken Arme um den Mann gelegt, um ihn zu stützen.

»Es ist ein heißer Tag, Stuart. Wollen wir uns nicht ein wenig vor dem Haus in den Schatten setzen? Ich könnte ein Glas kalten Tee vertragen. Vielleicht kann Mags uns zwei Gläser besorgen. Und Sam? Kannst du einmal Clara anrufen und Bescheid sagen, dass wir Besuch von Stuart Lewis haben? Ich glaube, sie weiß wahrscheinlich mehr.«

Jim führte den alten Mann langsam in Richtung des Cottage und setzte sich mit ihm auf die Holzbank, die neben den Schwalbennestern an der sonnigen Hauswand stand.

»Hier kann man gut sitzen, oder?«

»Ich habe auch Schwalben an meinem Haus. Dieses Jahr wird ein gutes Jahr für sie. Viele Eier. Ich habe in eines der Nester gesehen, und darin lagen vier Eier. Ein gutes Jahr.«

Mags sah, wie Jim ihr zunickte und Stuart seinen Kopf an die Hauswand lehnte und die Augen schloss. Sie eilte in die Küche, um etwas zu trinken zu holen. Aus dem Nebenzimmer hörte sie, wie Sam mit Miss Clara telefonierte.

Als sie mit den beiden Gläsern wieder aus dem Haus trat, war Stuarts Kopf auf Jims Schulter gesunken. Sie erschrak, doch dann sah sie Jims Lächeln und hörte das leise Schnarchen, das aus dem Mund des Mannes kam. Ihr Besucher war eingeschlafen.

3

Mags stand etwas abseits von der Bank und beobachtete die beiden Männer, als Sam zu ihr trat.

»Pst. Er ist eingeschlafen. Er muss völlig erschöpft gewesen sein.«

»Ich habe Miss Clara erreicht. Sie kennt Stuart von früher und hat auch schon seinen Sohn angerufen. Er arbeitet in Truro, fährt aber sofort los, um ihn abzuholen. Stuart wohnt in St. Martin.«

Mags kannte das kleine Dorf am Ufer des Helford Rivers und sah Sam ungläubig an.

»In St. Martin? Das sind fast acht Meilen bis hierher!«

Sie dachte an die zerkratzten Hände und Arme des Mannes und an die dreckigen Schuhe.

»Er muss den ganzen Weg gelaufen sein. Kein Wunder, dass er eingeschlafen ist.«

»Bei ihm wurde vor einem halben Jahr Alzheimer diagnostiziert. Sein Sohn hat Miss Clara gesagt, dass Stuart in den letzten Wochen zwar immer verwirrter geworden sei, aber eigentlich in seinem kleinen Haus mit dem Garten noch ganz gut zurechtkomme. Die Nachbarn sehen regelmäßig nach ihm, und mittags kommt eine Frau aus dem Dorf, um für ihn zu kochen und etwas Ordnung zu halten. Bisher ist Stuart wohl noch nie einfach so losgelaufen.«

Mags griff nach Sams Hand und schüttelte den Kopf.

»Er muss einige Schutzengel gehabt haben. Auf der Zufahrt ist er mir fast vors Auto gerannt. Ich bin froh, dass ich noch rechtzeitig bremsen konnte.«

»Geht es dir gut?«

Sam drehte sie zu sich herum und sah sie besorgt an. Er kannte ihre Alpträume, in denen Mags immer wieder die Sekunden erlebte, in denen sie das Lenkrad eines Autos herumgerissen hatte, um bei voller Geschwindigkeit einen Unfall zu provozieren, weil das die einzige Möglichkeit gewesen war, noch Schlimmeres zu verhindern. Die Träume waren zwar weniger geworden, aber bei Stress suchten sie Mags nachts immer noch heim.

Sie wollte nicht, dass er sich Sorgen machte, und setzte schnell ein beruhigendes Lächeln auf. Würde sie ihm erzählen, wie sehr sie sich erschrocken hatte, würde ihr Mann sie für die nächsten Stunden in Watte packen.

»Ja. Es ist gut. Stuart hat wohl gar nicht mitbekommen, wie gefährlich das Ganze war. Er hat mir nur gesagt, dass er unbedingt Wendy sprechen wollte. Immer und immer wieder.«

»Wendy Adams, die Besitzerin.«

»Die ehemalige Besitzerin. Jetzt gehört das Cottage ja uns.«

Er gab ihr ein Kuss auf die Nase.

Mags sah auf, als sie das Geräusch eines Motors hörte.

»Ich wette, das ist Miss Clara.«

»Auf die Wette steige ich nicht ein. Es kann nämlich nur Miss Clara sein. Sie ist schneller als die Feuerwehr, deswegen ja auch die Farbe ihres Autos.«

Ein roter Mini fuhr langsam die Einfahrt herab. Doch hinter dem Steuer saß nicht Miss Clara, sondern ein Mann mit dunklen Haaren, der nun vorsichtig neben Mags' Transporter parkte.

»Eric!«

Mags ging auf das Auto zu, von dessen Beifahrersitz jetzt eine kleine, schmale Frau kletterte. Miss Clara sah blass aus und hielt sich nach dem Aussteigen vorsichtig an der Autotür fest, als wäre ihr schwindelig.

»Geht es Ihnen nicht gut?«

»Ach, die Hitze. Es ist nichts.«

Sie wich Mags' Blick aus, ließ die Tür los und richtete sich energisch auf.

»Wo ist denn Stuart?«

Mags war immer noch besorgt, wusste aber, dass sie keine Chance hatte, aus Miss Clara mehr herauszubekommen, wenn diese ihr entschlossenes Gesicht aufgesetzt hatte.

»Auf der Bank vor dem Haus mit Jim. Er ist eingeschlafen.«

Sie traten um die Hausecke und blieben stehen.

Auf der Bank saß Jim in der warmen Maisonne. Mit seinem bunten Shirt mit dem verwaschenen Aufdruck, der ausgebeulten Jeanshose und dem vollen, mittlerweile von grauen Strähnen durchzogenen Rauschebart sah er aus wie ein Weihnachtsmann auf

Sommerurlaub. Neben ihm lehnte Stuart, die Augen immer noch geschlossen, die Hände umklammerten den Strohhut auf seinem Schoß. Miss Clara seufzte leise.

»Ich kenne Stuart noch aus meiner Schulzeit, er war einige Jahrgänge über mir. Ein flinker Kerl, er hatte immer ein Zwinkern in den Augen. Ich glaube, er ist vor einigen Jahren aus Birmingham zurückgekommen und hat sich zusammen mit seiner Frau in St. Martin in einem der kleinen Gemeinde-Cottages zur Ruhe gesetzt. Seine Frau Anna ist vor zwei Jahren gestorben, seitdem ist wohl immer deutlicher geworden, wie viel Stuart vergisst. Die Diagnose hat niemanden mehr überrascht.«

Mags war es ein Rätsel, woher Miss Clara immer ihre Informationen bezog. Sie kannte einfach alle und jeden – und diente der gesamten Region als Informationsquelle.

»Woher wissen Sie das?«

»Oh. Von hier und dort. Am Tag des offenen Gartens habe ich mir vor einigen Jahren die Gärten der Gemeinde-Cottages angesehen, auch den von Stuart. Ich habe ihn sofort erkannt, und wir haben einige Sätze gewechselt. Und heute, nach Sams Anruf, habe ich Millie hier aus dem Dorf angerufen. Sie hat ja eine Schwester, die in St. Martin lebt. Und die wusste von Stuarts Erkrankung und konnte von einer der Nachbarinnen die Rufnummer von seinem Sohn besorgen. Nichts Besonderes.«

Mags lachte.

»Ich wette, Sie und Ihr Netzwerk würden in einem Wettbewerb einige der großen Suchmaschinen im Internet um Meilen schlagen. Ohne Sie würden wir alle orientierungslos durch die Gegend laufen.«

Miss Clara lächelte, aber Mags merkte, dass das Lächeln ihre Augen nicht erreichte.

»Ich höre einen Wagen. Das muss Stuarts Sohn sein.«

4

Stuarts Sohn weckte seinen Vater vorsichtig und brachte ihn dann in sein Auto. Stuart wirkte sehr müde und eingefallen und strahlte nichts mehr von der wilden Energie aus, die ihn noch vor einer Stunde erfüllt hatte. Mags hatte den erleichterten und doch so traurigen Gesichtsausdruck des Sohnes gesehen, der in einer merkwürdigen Umkehr der Verhältnisse seinem Vater auf den Beifahrersitz geholfen und ihm den Anschnallgurt angelegt hatte. Wie es wohl wäre, die eigenen Eltern so zu erleben? Ihr Vater war vor Jahren bei einem Autounfall ums Leben gekommen, sie hatte ihn nie mit grauen Strähnen in den Haaren gesehen. Und ihre Mutter in Belize – nun, die war ein Fall für sich.

»Wie schnell es gehen kann …«

Jim war neben sie getreten und legte ihr seinen breiten Arm über die Schulter. Mags lehnte ihren Kopf an sein farbverschmiertes Shirt und seufzte leise auf.

»Ja.«

Als der Wagen vom Hof fuhr, sah Mags ihm nach, dann knuffte sie Jim in die Seite.

»Lass uns ein paar Meter gehen. Ich wollte dir zeigen, wo ich im nächsten Jahr die Hochbeete anlegen möchte.«

Jim lachte.

»Du meinst, du willst mir zeigen, wo ich dir im nächsten Jahr beim Bau der Hochbeete helfen soll?«

Mags grinste und schüttelte den Kopf.

»Nein, das schaffe ich schon. Ich glaube, ich habe allein dieses Jahr für zig Leute solche Beete gebaut. Die ganzen Ferienhausbesitzer träumen davon, ihr eigenes Gemüse aus den Gärten zu holen. Irgendwie stellen die sich vor, es würde magisch und ungestört wachsen, während sie nicht da sind. Von Schnecken und Unkraut haben sie anscheinend noch nie gehört …«

Jim schüttelte den Kopf.

»Es gibt kein Unkraut, Maggie.«

»Oh, darüber werde ich nicht mit dir diskutieren. Vielleicht können wir uns darauf einigen, dass es Kraut gibt, das an Stellen wächst, wo ich es nicht haben will?«

Jim, der seinen eigenen Garten als Permakultur angelegt hatte, schüttelte nur den Kopf.

Zusammen schlenderten sie die von allen Seiten zugewachsenen Gartenwege entlang. Mags freute sich darauf, ihren eigenen Garten anzulegen. Sie hatte so viele Ideen – und der Gedanke, dass sie diesmal Zeit hätte, ihren eigenen Bäumen beim Wachsen zuzusehen, machte sie glücklich und zufrieden.

Sie schauten sich zusammen die einzelnen Bereiche des alten Gemüsegartens an, und Mags erklärte Jim, was sie plante.

»Du wirst kochen lernen müssen, Maggie. Und Sam auch.«

»Ja, ich befürchte, so wird es sein. Was nützt mir

ein Garten voll Gemüse, wenn ich es nicht verarbeiten kann? Sam wälzt schon Bücher – ich dachte, ich halte mich da besser an dich und Miss Clara.«

»Du bist jederzeit in meiner Küche willkommen.«

Mags merkte, wie sie dieser schlichte Satz mit noch mehr Wärme erfüllte. In den letzten Jahren hatte sie gelernt, wer ihre wahre Familie war.

»Lass uns zurückgehen, Sam müsste Clara und Eric mittlerweile das Cottage gezeigt haben.«

Sie wählten den Weg an den alten Weiden entlang.

»Wie alt mögen die Bäume wohl sein?«

»Älter als wir auf jeden Fall.«

»Sie wirken, als hätten sie schon immer hier gestanden. Als würden sie das Haus und seine Bewohner bewachen und beschützen.«

Jim lächelte.

»Wahrscheinlich ist das der Grund, warum schon die Griechen davon ausgegangen sind, dass Bäume ihre eigenen Geister haben, oder?«

Mags schmunzelte bei der Idee von Baumgeistern und nahm sich vor, Sam davon zu erzählen. Sicherlich würde er mit seiner Phantasie sofort eine Geschichte um die drei Weiden spinnen.

Vor dem Haus stand er dann auch schon mit Miss Clara und Eric und sah ihnen entgegen.

»Ich habe den beiden die Führung durch das gesamte Cottage gegeben – aber Trinkgeld habe ich noch keines bekommen.«

Miss Clara lächelte nur kurz und wandte sich dann direkt an Jim.

»Hat Stuart dir gesagt, was er Wendy so dringend erzählen wollte? Worum ging es bei der Sache eigentlich?«

»Er wollte es nur Wendy direkt sagen. Mir hat er nichts erzählt. Und als er gerade wach geworden ist, hatte ich das Gefühl, dass er es selbst gar nicht mehr so genau wusste.«

Mags sah von Jim zu Miss Clara. Sie hatte das deutliche Gefühl, dass es hier um mehr ging.

»Wer ist Terry?«

Sie sah, wie die beiden sich über ihren Kopf hinweg ansahen.

»Was? Hat Stuart ihn erwähnt?«

»Er hat nur einmal den Namen Terry gemurmelt. Er war aufgeregt und wollte nicht bis nächste Woche warten, um Wendy etwas zu erzählen. Er ...«

Miss Clara unterbrach Mags.

»Wieso nächste Woche?«

Doch es war Jim, der antwortete.

»Wendy will nächste Woche kommen, um sich vom Cottage zu verabschieden und die letzten Habseligkeiten vom Speicher zu holen. Sie wird zu ihren Kindern nach Frankreich ziehen.«

»Wendy Adams kommt hierher? Nach Rosehaven?«

»Ja.«

Mags beobachtete Miss Clara aufmerksam.

»Warum ist das so ungewöhnlich?«

Miss Clara seufzte.

»Weil ich nicht gedacht hätte, dass Wendy je wieder

einen Fuß nach Rosehaven setzten würde, geschweige denn hier ins Cottage.«

Jim stimmte ihr zu.

»Nicht nach allem, was passiert ist. Ich war auch erstaunt. Aber sie scheint Abschied nehmen zu wollen. Loszulassen.«

»Wendy? Loslassen? Das kann ich mir kaum vorstellen.«

In Miss Claras Stimme waren deutlich ihre Zweifel zu hören.

Mags verstand immer noch nicht, worum es ging, und auch Sam und Eric Johnson sahen sich verwirrt an.

»Was ist das für eine Geschichte? Worum geht es hier?«

Jim wich Mags' prüfendem Blick aus, dann seufzte Miss Clara.

»Es geht um Terry. Es geht und ging Wendy schon immer um Terry.«

»Wer ist das denn?

Jim schloss kurz die Augen.

»Terry war Wendys großer Bruder. Er ist mit sechzehn nach einem Fußballspiel verschwunden.«

»Es war fürchterlich.« Miss Clara senkte den Blick.

»Ist er weggelaufen?«

Es war der Polizist in Eric, der die naheliegende Frage stellte. Mags hatte vor einigen Wochen im Radio einen Bericht über die Anzahl der Menschen in ganz England gehört, die Jahr für Jahr einfach verschwanden, und war erschrocken gewesen. Was war in all diesen Fällen bloß vorgefallen? Und was machte man als Angehöriger, wenn von einer Sekunde auf die andere so etwas geschah?

»Es gab keine Anzeichen. Die Adams waren gute Eltern. Unaufgeregt. Ich habe mich bei ihnen wohl gefühlt als Kind. Und ich glaube, Kinder spüren oft ganz gut, ob etwas nicht stimmt, oder? Ich und Wendy gingen in dieselbe Klasse. Terry war mit sechzehn in die Schulmannschaft geholt worden, Fußball. Er war schnell und wendig, der perfekte Stürmer. Einige glaubten, er würde es schnell in eine der größeren Mannschaften schaffen.«

Jim wirkte bedrückt.

»Wendy hat ihn vergöttert.«

Miss Clara lächelte wehmütig.

»Sie war damals zwölf. Und hatte es faustdick hinter den Ohren. Ich weiß noch, wie sie einmal im Religionsunterricht an ihrem Tisch saß, dem Lehrer zuhörte und ihm dann widersprach. Es ging um die Frage, wie Moses das Meer hatte teilen können. Sie sagte, dass es doch viel wahrscheinlicher sei, dass Moses einfach einen guten Weg gewusst und Glück mit der Ebbe gehabt habe oder so. Ich weiß noch, wie neidisch ich auf sie war, dass sie sich so etwas traute. Und dass ihre Eltern nicht mit ihr schimpften, sondern sie auch noch darin unterstützten, ihre Meinung zu sagen. Das hätte ich mich nie getraut.«

»Sie hätten sich etwas nicht getraut?«

Mags starrte Miss Clara an, die nicht gerade dafür bekannt war, mit ihrer Meinung hinter dem Berg zu halten. Ganz im Gegenteil: Sie war sowohl gefürchtet als auch geschätzt, gerade weil sie nicht zauderte. Nicht umsonst war sie die Vorsitzende der Bürgerwehr und zig anderer Vereine und Initiativen in Rosehaven.

»Ich war damals etwas jünger, unbeholfen und linkisch. Und vor allem schüchtern bis aufs Blut. Wendy war etwas Besonderes.«

Mags versuchte immer noch, sich Miss Clara als schüchternes Mädchen vorzustellen, als Jim den Faden wieder aufnahm.

»Als Terry verschwand, setzte sie all ihre Energie ein, ihn zu finden. Obwohl es keine Spuren gab, suchte sie auf eigene Faust weiter. Als die Polizei den Fall nach Monaten zu den Akten legen wollte, schrieb sie Briefe an den Premierminister und an alle großen Zeitungen. Hätte es damals schon das Internet gegeben, hätte sie sicherlich auch dort alle Hebel in Bewegung gesetzt, um ihren Bruder zu finden.«

Mags sah auf. Genau das hatte sie getan, um im letzten Jahr an Hinweise über den Verbleib ihrer Mutter zu kommen. Und es hatte Ergebnisse gebracht – wenn auch zunächst nicht die erhofften. Aber sie war damals schon längst kein zwölfjähriges Mädchen mehr gewesen.

»Was glaubte denn die Polizei, was geschehen war? Sie müssen doch irgendetwas gefunden haben.«

Eric Johnson hatte seinen Arm um Miss Claras Schultern gelegt und zog sie schützend an sich.

»Die Polizei ging davon aus, dass Terry ertrunken ist. Seine Sporttasche wurde wenige Tage später am

Strand gefunden. Und die Jungs, mit denen er am Abend seines Verschwindens nach einem Fußballspiel noch zusammen war, sagten aus, dass er sehr verstimmt und wütend gewesen sei. Sie hätten ihn im Auto mitgenommen, und er sei bei einem Stoppschild einfach ausgestiegen und losgerannt. Die Polizei fand in der Nähe der Stelle seine Jacke.«

»Die Polizei vermutete einen Selbstmord, oder?«

Eric hatte mit der für ihn typischen sachlichen Stimme ausgesprochen, was sie alle dachten.

»Ja. Aber Wendy glaubte das nicht. Und ich würde mich noch nicht mal heute trauen, ihr diese Vermutung ins Gesicht zu sagen. Für sie war und ist Terry ein Held. Sie hat immer geglaubt, dass er Opfer eines Verbrechens wurde.«

Jims Stimme war angespannt.

»Und die Polizei hatte ansonsten keinerlei Spuren, keine Hinweise, nichts. Er spielte an dem Abend Fußball, seine Mannschaft gewann, er fuhr mit seinen Freunden im Auto mit, um am Strand zu feiern. Hat wohl zu viel getrunken. Dann stieg er plötzlich mitten auf dem Feld aus und rannte los. Später wurde seine Sporttasche am Strand gefunden. Laut seinen Eltern hatte er weder Kleidung noch Geld mitgenommen. Ich kannte Terry, auch wenn ich als Zwölfjähriger vielleicht nicht alles verstanden habe. Aber da war nie … Ich weiß nicht, wie ich es am besten beschreiben kann. Es hing nie so etwas wie die Spur eines Schattens über ihm. Er war zufrieden mit sich und der Welt. Also so zufrieden, wie ein Teenager nun mal sein kann.«

»Er war sechzehn?«

Mags merkte, wie Eric, der als Inspector mehr Vermisstenfälle bearbeitet hatte, als man wahrhaben mochte, versuchte, in seinem Kopf ein Bild zusammenzusetzen.

»Ja, ein durchtrainierter Junge. Höflich. Gut in der Schule. Etwas introvertiert.«

»Drogen?«

Jim lachte leise.

»Keine Ahnung. Aber ich glaube nicht. Es war 1971, und im Vergleich zum Rest des Landes wäre es hier auf dem Land für Jugendliche wohl schwieriger gewesen, an etwas zu kommen. Vor allem, ohne dass es darüber Gerüchte gegeben hätte. Natürlich gab es überall Alkohol. Aber Wendy behauptete steif und fest, dass Terry immer nur so getan hätte, als würde er mittrinken, und das glaube ich ihr auch. Sie sagt, er mochte es nicht.«

»Vielleicht irgendetwas, um seine Leistung zu steigern? Er war Sportler. Du würdest dich wundern, was die Kids heute alles schlucken, um allzeit erfolgreich und fit zu sein.«

Mags hörte die Skepsis in Erics Stimme. Jim sah ihn an und zuckte mit den Schultern.

»Das war Rosehaven in den Siebzigern. Einige der Surfer kifften, viele – zu viele – der Dorfbewohner tranken, aber mehr gab es nicht. Vielleicht haben einige der Feriengäste im Sommer auch Koks mit ins Dorf geschleppt, aber wir hatten schon damals nichts mit den Sommergästen am Hut. Wir blieben noch unter uns, oder Clara? Hatten nichts mit irgendwelchen merkwürdigen Städtern.«

Miss Clara lächelte, und Eric Johnson, der in Truro lebte und arbeitete, schnaubte leise über den vermeintlichen Seitenhieb. Er hatte sich daran gewöhnt, für viele Dorfbewohner trotz seiner Beziehung zu Miss Clara weiterhin »der Fremde« zu bleiben. Wobei Mags wusste, dass sich Eric und Jim eigentlich mochten – manchmal aber einfach zu viel Geschichte mit sich herumtrugen, die einer Freundschaft noch im Wege stand. Aber vielleicht würde die Zeit das richten.

Jim erzählte weiter.

»Der Fall wurde also zu den Akten gelegt, und auch Wendy konnte nichts mehr erreichen. Sie schäumte vor Wut und schlug immer mehr um sich. Sie verdächtige alle und jeden – und es wurde von Monat zu Monat schlimmer. Sie war wie besessen. Und dann – ich glaube auch wegen all dem, was vorgefallen war – beschlossen ihre Eltern, das Cottage zu vermieten und wieder nach London zu gehen. Ich und Wendy blieben über die Jahre in Kontakt, mal mehr, mal weniger. Eine Weile haben wir in London sogar zusammengewohnt.«

Ein wehmütiges Lächeln legte sich über Jims Gesicht. Er hatte ihr einmal von seinen Jahren in London erzählt. Wie er dorthin gegangen war, um Freiheit zu finden, auf den Märkten seine Schnitzwaren verkauft und in einem der besetzten Häuser gelebt hatte. Und wie er, als es ihm in der Stadt zu eng und zu aggressiv wurde, in seinen VW Bus gestiegen und einfach losgefahren war, um die Welt zu erkunden. Schließlich war er wieder in seiner alten Heimat gelandet.

»Als sie das Haus vor einigen Jahren erbte, bat sie mich, nach dem Rechten zu sehen. Als die letzten Mieter ausgezogen waren, wollte sie es nicht erneut vermieten. Dass es jetzt an euch gegangen ist, ist gut. Wendy wäre hier nie mehr glücklich geworden. Zu viele Erinnerungen.«

»Und trotzdem kommt sie nun wieder.«

Mags sah auf, als sie in Eric Johnsons Stimme einen merkwürdigen Unterton hörte, aber kam nicht dazu, nachzufragen, da Jim energisch und vielleicht auch ein wenig wütend in die Hände klatschte.

»Genau. Und bis dahin sollten wir nicht hier herumstehen, sondern uns an die Arbeit machen. Wendy wird sehr glücklich sein, dass im Cottage nun wieder so viel neues Leben herrscht.«

Miss Clara musterte ihn.

»Wirst du ihr von Stuart erzählen, Jim? Wird das für sie nicht alles wieder aufwühlen?«

Jim schüttelte den Kopf.

»Ich weiß es nicht. Am liebsten würde ich es ihr verschweigen und ihr einfach nur einen letzten Abschied ermöglichen. Aber Stuart klang so, als wäre es ihm wichtig. Und das Dorf wird reden, oder? Ich denke, es ist besser, wenn sie es von mir erfährt.«

Er sah Miss Clara eindringlich an.

»Lass mich das entscheiden, ja? Ich, ich freue mich einfach sehr, Wendy noch einmal hier sehen zu können. Ich will nicht, dass ihr diese letzten Tage schwer gemacht werden.«

Mags bemerkte, wie Miss Clara etwas sagen wollte, dann aber den Kopf senkte und nickte.

Eric griff ihre Hand.

»Und jetzt wollen wir deinen Garten sehen, Mags. Ich habe schon von Sam gehört, dass du große Pläne hast.«

5

Jim war wieder ins Haus gegangen, und Mags schlenderte, diesmal mit Miss Clara an ihrer Seite, durch den verwilderten Garten. Sam und Eric folgten ihnen in einigen Metern Abstand. Miss Claras Miene war verschlossen, sie schwieg, während Mags ihr ihre Pläne für den Garten erklärte. Das war mehr als ungewöhnlich – und Mags' Sorge wurde größer. Miss Clara ging langsam, und ein feiner Schweißfilm lag auf ihrer Stirn. Irgendetwas stimmte nicht, so viel war sicher.

»Geht es Ihnen wirklich gut? Sollen wir uns setzen?«

»Ich sagte doch schon, es ist alles in Ordnung.«

Mags wollte noch etwas erwidern, überlegte sich es aber anders. Vielleicht war es einfach besser, das Thema zu wechseln.

»Hier möchte ich noch einige Bäume pflanzen. Ich dachte auf jeden Fall an einen Walnussbaum. Es wird zwar einige Jahre dauern, bis wir in seinem Schatten wie unter Ihrem Baum Tee trinken und Kuchen essen können, aber dann bleibt mir ja umso mehr Zeit, endlich einmal backen zu lernen.«

Von Miss Clara kam noch immer keine Reaktion. Mags versuchte es erneut.

»Es sei denn, Sie versorgen Sam und mich auch noch die nächsten zwanzig Jahre über mit Kuchen.«

Miss Clara schüttelte den Kopf mit einem leisen Lächeln, das aber ihre Augen nicht erreichte.

»Ah, das denke ich allerdings nicht. Du solltest einfach endlich backen lernen.«

»Ich habe gerade schon mit Jim besprochen, dass ich mir gerne die eine oder andere Unterrichtsstunde bei euch beiden abholen würde.«

»Du meinst, wenn du bei deinen vielen Aktionen irgendwann mal Zeit findest? Wir werden sehen.«

Das klang nun deutlich gereizt, und Mags blieb stehen.

»Miss Clara? Habe ich irgendetwas getan oder gesagt, was Sie verärgert hat?«

»Du meinst, außer einfach die Hochzeit abzusagen und wegzufliegen? Nein.«

»Aber …«

Miss Clara schüttelte den Kopf, und Mags wusste auch nicht mehr, was sie noch sagen konnte. Die geplante Hochzeit in Rosehaven abzusagen, war auch ihr nicht leichtgefallen. Aber schließlich hatte sie gute Gründe gehabt. Und Miss Clara gehörte doch zu den wenigen Menschen, die um diese Gründe wusste.

Mags schwieg und versuchte, ihre Enttäuschung zu verbergen.

Sie gingen weiter durch den Garten bis zum Bach mit den drei großen Weiden. Die Männer schlossen zu ihnen auf.

»Was für ein herrlicher Ort!«

Eric wandte sich an Sam.

»Und was für ein wundervoller Ort, um zu schreiben, oder?

»Von meinen Schreibtisch aus werde ich über den Garten und die Felder blicken können – besser geht es gar nicht.«

»Woran arbeitest du denn gerade?«

Mags musste lächeln, als sie den glücklichen Ausdruck in Sams Gesicht sah. Er hatte im letzten Jahr seinen Job als Geschichtsdozent in Oxford an den Nagel gehängt und hier bei ihr in Rosehaven zunächst heimlich an seinem ersten Roman gearbeitet, einem phantastischen Jugendbuch, in dem zwei Freunde per Zeitreise durch die Geschichte Cornwalls an den Hof König Artus' reisen. Das Buch würde in wenigen Wochen veröffentlicht werden, und sie waren gespannt, ob es erfolgreich wäre. Der Verlag und Sams neue Agentin waren auf jeden Fall so angetan, dass er schon einen zweiten Vertrag unter Dach und Fach hatte.

»Ich arbeite gerade an zwei Projekten. Zum einen wieder an einem Jugendbuch, das auch wieder in Cornwall spielen wird. Aber diesmal geht es um die letzten Jahre des Zweiten Weltkrieges und um die Verwicklungen einer Gruppe Kinder in einen abenteuerlichen Fall von Schmuggel und Spionage. Aber auch das Buch wird wieder einige eher phantastische Elemente haben. Lasst euch überraschen!«

Sams Augen leuchteten, und Mags wusste, mit welcher Begeisterung er dabei war, seine neue Geschichte auszuarbeiten.

»Und das zweite Projekt ist ein Auftrag für einen anderen Verlag. Sie haben jemanden gesucht, der für ein Buch über Kinder- und Jugendliteratur das Kapitel über Enid Blyton schreibt. Und da der Hauptschauplatz ihrer Bücher ja Dorset und damit ja fast schon Cornwall ist …«

Mags schnaubte und lachte dann.

»Sag das bloß im Pub nicht laut!«

Sam grinste.

»Ich werde mich hüten. Aber auf jeden Fall soll ich über sie schreiben und freue mich sehr.«

»Er freut sich nur, weil er jetzt eine guten Grund hat, noch einmal sämtliche *Fünf Freunde*-Bücher zu lesen.«

Miss Clara schien sich wieder gefasst zu haben und wandte sich Sam zu.

»Ich habe als Mädchen alle Bände über die Zwillinge auf St. Clare's verschlungen. Ich wollte damals auch unbedingt eine Zwillingsschwester haben und auf ein Internat geschickt werden so wie die beiden.«

Mags lächelte. Auch sie hatte die Bücher gelesen.

»Das Internat St. Clare's liegt in den Büchern ja auch hier in Cornwall, oder?«

Sam nickte.

»Ja. Ich glaube, auch das ist ein Grund, warum zahlreiche Leute, die mit den Büchern Enid Blytons groß geworden sind, mit Cornwall so viel verbinden. Es ist durchsetzt mit Kindheitserinnerungen – sogar dann, wenn man selbst gar nicht vor Ort war, sondern es nur durch die Augen der Figuren gesehen hat.«

»Ist das der Grund, warum deine Bücher auch hier spielen?«

Eric hatte den Arm um Miss Claras Schultern gelegt, und Mags freute sich, dass seine Geste so viel Liebe und Vertrauen ausstrahlte. Eric hatte in ihrer Gegenwart viel von seiner rauen Hülle abgelegt, und es fiel ihr immer schwerer, ihn mit dem unfreundlichen Inspector unter einen Hut zu bekommen, den sie vor zwei Jahren im Garten des Herrenhauses »The Shelter« zum ersten Mal getroffen hatte. Es schien ewig her zu sein. Anscheinend waren er und Miss Clara in den letzten Monaten noch enger zusammengewachsen als zuvor.

Sam dachte, wie es typisch für ihn war, in Ruhe über Erics Frage nach.

»Das kann gut sein. Aber es bietet sich auch einfach an. Die Klippen, das Meer, die alten Schmuggelpfade, König Artus und die Ritter der Tafelrunde, Cottages, die so wie unseres hier ein wenig aus der Zeit gefallen zu sein scheinen.«

Er drehte sich zu seinem neuen Haus um. Mags freute sich über den Stolz und die Begeisterung in seinen Augen.

»Aber ich habe auch einige Ideen für Bücher, die dann in London spielen werden. Auch dort ist so viel Raum für Phantasie und Abenteuer – allein die Vorstellung, wie viele Tunnel und Gänge, Keller und Gewölbe unter der Stadt liegen. Und wenn ich noch mal einen Zeitreiseroman schreiben werde, dann werde ich meine beiden Helden auf jeden Fall durch Londons

Geschichte reisen lassen. Stellt euch vor, die Weltausstellung von 1862 oder die …«

Mags hörte lächelnd zu, wie Sam den beiden begeistert von seinen Ideen erzählte.

Er war ein guter Redner, und sie konnte verstehen, warum seine Studenten ihn in Oxford vermissten. Sie hoffte, dass er im Gegenzug das Unterrichten nicht vermissen würde. Aber wenn es so wäre, dann würde er eben hier in Rosehaven eine Möglichkeit finden müssen. Oder vielleicht könnte Sam einfach ab und an Freunde oder Kollegen einladen, hier vor Ort Seminare anbieten. Das Cottage selbst war zu klein, um mehr als zwei Gäste unterzubringen, aber vielleicht könnte man ja die Scheunen am Weg noch erweitern und …

»Mags?«

Sie sah auf. Sam hatte aufgehört zu reden, und sie wurde von drei Augenpaaren neugierig angeschaut.

»Oh. Ich war abgelenkt. Was?«

»Ich sagte gerade, dass ich es auch spannend fände, ein Buch über die Geschichte der Gärten hier zu schreiben.«

Sie sah Sam mit großen Augen an und stöhnte dann auf.

»Ist die Idee so schlecht?«

Er wirkte gekränkt, und Mags beeilte sich, ihn zu beruhigen.

»Nein. Gar nicht. Sie ist wunderbar. Aber im Moment habe ich das Gefühl, dass ich noch nicht mal mit all den Sachen klarkomme, die jetzt schon auf meiner To-do-Liste stehen. Ich glaube nicht, dass ich irgendwo auch nur ein Fitzelchen Zeit finde.«

Sam schien trotzdem weiterhin über die Idee nachzudenken, und Mags drehte sich zu Miss Clara um.

»Aber vielleicht wären Sie die richtige Partnerin für Sam in so einem Projekt? Sie kennen doch wirklich jeden einzelnen Garten hier und haben so viele Kontakte.«

Miss Clara sah sie fast schon wütend an.

»Und du glaubst, ich kann sofort einspringen, wenn dir die Zeit fehlt?«

»Aber ich meinte doch …«

Mags brach verwirrt ab. Sie war es nicht gewohnt, von Miss Clara so angegriffen zu werden.

Sam winkte ab.

»Es ist ja nur eine meiner vielen und genialen Ideen. Kommt Zeit, kommt Rat.«

Miss Clara drehte sich schroff um.

»Ich gehe zurück zum Cottage.«

Eric griff nach ihrem Arm, aber sie trat einen Schritt zur Seite.

»Nein. Ich gehe alleine, seht ihr euch doch weiter um. Wir treffen uns gleich am Auto, ja?«

»Ich gehe auch zurück, sonst wird Jim mich stundenlang aufziehen, da ich mich in seinen Augen vor der Arbeit gedrückt habe.«

Sam gab Mags einen schnellen Kuss und ging, fröhlich über die Bauarbeiten und seine Ungeschicklichkeit im Umgang mit Werkzeugen plappernd, neben Miss Clara her. Sam war ein Meister darin, sich gekonnt und unauffällig über die schlechten Launen seiner Mitmenschen hinwegzusetzen.

Mags sah den beiden hinterher und drehte sich dann zu Eric Johnson um.

Seit ihrem ersten Aufeinandertreffen im Garten von The Shelter waren mittlerweile zwei Jahre vergangen. Der damals so schroffe und abweisende Inspector war mittlerweile nicht nur Miss Claras Freund, sondern auch eine wichtige Person in Mags' Leben geworden. Sie zögerte trotzdem, bevor sie ihm die Frage stellte, die ihr seit einer geraumen Weile auf der Zunge lag.

»Was ist mit ihr los? Da muss doch mehr dahinterstecken, als dass sie nur sauer auf mich ist wegen der abgesagten Hochzeitsfeier, oder?«

Eric hob die Schultern und schwieg. Mags spürte, dass er nicht mit ihr über seine Freundin reden würde.

Sie seufzte.

»Nun gut. Ich werde es schon herausfinden. Und was hast du? Deine Stirn ist voller Falten, und du hast bei der ganzen Geschichte mit Terry ausgesehen, als wärst du am liebsten an einem anderen Ort.«

Eric sah sie an.

»Da hast du wahrscheinlich recht. Ich wünschte, die Geschichte wäre in der Vergangenheit geblieben. Ich mag keine ungelösten Fälle.«

»Es ist fünfzig Jahre her. Vielleicht ist der Junge wirklich nur weggelaufen? Wer weiß, was in ihm vorging. Vielleicht war doch nicht alles so gut und harmonisch, wie alle geglaubt hatten.«

Doch Eric blickte nachdenklich an ihr vorbei in die Ferne.

»Ich glaube, dann hätten Jim und Clara anders darüber gesprochen. Kinder spüren oft viel besser als Erwachsene, wenn in einer Familie etwas nicht stimmt oder ein anderes Kind unglücklich ist. Sie können es oft nicht genau benennen, aber sprechen dann auf eine bestimmte Art und Weise über solche Familien. Ich habe das schon oft erlebt. Aber wenn sowohl Jim als auch Clara die Adams als nicht bedrohlich wahrgenommen haben, dann wird da etwas dran sein. Aber trotzdem ...«

Da war wieder dieser Unterton in Erics Stimme, und Mags wusste plötzlich, womit sie es zu tun hatte.

»Wovor hast du Angst?«

Eric drehte sich zu ihr, und sein Gesicht, das sonst immer sehr beherrscht und entschlossen wirkte, wirkte auf sie eingefallen und müde.

»Oh, Mags. Vor so viel mehr, als du dir vorstellen kannst.«

Mags sah ihn verwirrt an. So kannte sie ihn nicht.

»Aber gerade mache ich mir einfach nur Sorgen wegen der Geschichte mit dieser Wendy Adams. Es ist so lange her, aber alte Wunden können schnell wieder aufbrechen. Du solltest das wissen, oder?«

Mags dachte an alles, was in den letzten Jahren passiert war, und hörte für einen winzigen Moment wieder die tiefe und so bedrohliche Stimme in ihrem Kopf. Sie schüttelte sich und hob den Blick, um in den Himmel zu schauen. Die Schwalben zogen weit oben ihre

Kreise und schnappten mit ihren geschickten Schnäbeln Mücken und Käfer im Flug.

»Nicht alle. Einige heilen. Sie hinterlassen zwar Narben, aber sie heilen.«

Eric reichte ihr die Hand und drückte sie.

»Ja. Du hast recht. Hoffen wir einfach, dass es hier auch so ist.«

6

»Ah, da kommen ja unsere Weltenbummler!«

Als Mags zusammen mit Sam am Sonntagmittag aus der hellen Sonne in das warme Dunkel des Golden Budgie, Rosehavens Pub und Dorfmittelpunkt traten, wurden sie von der tiefen Stimme des Wirtes begrüßt. Mr Kelvin stand hinter dem Tresen und zapfte mit seinen großen Händen langsam und bedächtig ein Bier.

The Golden Budgie sah mit seinem dunklen Holzfußboden, den schweren Tischen und Stühlen und der langen geschwungenen Theke aus wie eine Filmkulisse aus den zwanziger Jahren. Die Zeit hatte den Räumen, der Decke aus schweren Eichenbalken nur noch mehr Patina und Charme verliehen. Jedes Mal, wenn Mags durch die Tür trat, spürte sie das Leben und das Lachen von Hunderten Menschen. Die schweren Gewölbe unter dem Schankraum hatten im Krieg den Rosehavenern als Bunker und Zufluchtsstätte gedient. Noch heute konnte man in den Nischen zwischen den mittlerweile hochmodernen Stahlfässern die Pritschen aus Holz sehen, die Mr Kelvins Vorgänger dort für eben diesen Zweck gezimmert hatte. Es gab Geschichten darüber, dass in den Nächten, in denen sich bei Fliegeralarm ein Großteil der Bewohner von Rosehaven dort unten aneinander gedrängt hatte, mehrere Ehen angebahnt worden seien.

Die Touristen liebten es, sich vor dem Pub mit dem goldenen Schild, das einen Wellensittich in einem Käfig zeigte, zu fotografieren. Der Name des Pubs – Zum Goldenen Wellensittich – ging zurück auf die Blütezeit Cornwalls als Bergbauregion. Um vor gefährlichen Gaskonzentrationen in den Stollen der Minen gewarnt zu sein, hatten die Bergleute oft einen Käfig mit zwei Wellensittichen mit sich getragen. Die kleinen Vögel reagierten viel schneller als der menschliche Körper und fielen schon bei geringeren Gasmengen tot um. So hatten die Bergleute mit Glück noch genügend Zeit gehabt, alle offenen Flammen zu löschen und die Mine zu verlassen. Schlagende Wetter – sich entzündende Gase in den engen Stollen – hatten einige der größten Unglücke in der Geschichte des Bergbaus verursacht. Bei der Umgestaltung des alten Minengeländes in Drabstock hatte Mags in einem Teil der alten Gebäude eine große Voliere bauen lassen, die Vögel beherbergte, die von den Schülern der Drabstocker Schule versorgt wurden.

Aus der Küche hörte Mags das Klappern und den leisen Gesang von Mrs Kelvin, die dort in ihren bunten Schürzen und mit großem Talent das Zepter schwang. Das Golden Budgie lebte von seiner Lage direkt am Hafen Rosehavens, seiner überregional bekannten Küche, dem in einer lokalen Brauerei mit viel Liebe gebrauten Bier und – in den Wintermonaten, wenn die Touristen weniger wurden – von der Treue der Dorfbewohner.

Diese Treue führte, neben dem legendären Sonntagsbraten von Mrs Kelvin, dazu, dass an diesem

Sonntagmittag wie so oft das halbe Dorf lieber im Pub aß, als selbst zu Hause den Ofen anzuwerfen. Einige Kinder spielten an einem der Tische mit einem alten Kartenspiel Quartett. Mags erinnerte sich an die abgegriffenen Karten, die schon sie als Kind immer von Mr Kelvin in die Hand gedrückt bekommen hatte. Kurz fragte sie sich, ob genau dieses Kartenspiel auch schon in den Nächten des Fliegeralarms im Keller des Pubs genutzt worden war.

Als Mags ihren Blick durch den Raum schweifen ließ, erkannte sie ein Dutzend vertrauter Gesichter. Und am Tresen vor ihr zwei vertraute Rücken. Der eine steckte in einem blauen, vom vielen Tragen schon dünn gewordenen Fischerhemd, durch das sich die hagere Gestalt seines Besitzers deutlich abzeichnete. Albert, der letzte Fischer Rosehavens, der mehrmals die Woche mit seinem kleinen Fischerboot hinausfuhr. Mittlerweile in seinen Achtzigern angekommen, hatte er Mags einmal anvertraut, dass er ohne das Boot und das Meer eingehen würde wie eine Pflanze im Dunkeln. So fuhr er bei fast jedem Wetter früh am Morgen hinaus und verkaufte seinen Fang größtenteils an Mrs Kelvin, die daraus ihre Pies und Eintöpfe zaubern konnte. Jeder, der Albert in seiner Arbeitskleidung sah, die strubbeligen Haare unter die Fischermütze geschoben und das Gesicht von Wind und Sonne gegerbt, würde in ihm einen ärmlichen Fischer sehen. Mags grinste bei dem Gedanken. Albert hatte mit viel Geschäftssinn und seiner leisen Art schon vor zwanzig Jahren die zerfallenen Fischerhäuser am Hafen aufgekauft – und als die Zeit reif gewesen war und der Tourismus boomte, hatte er sie mit außerordentlichem Gewinn wieder verkauft. Er arbeitete, weil die Arbeit sein Leben war, und nicht, weil er es musste.

Neben Albert saß ein Mann in einem maßgeschneiderten Leinenjackett, tadellos und ohne Falten, der Jahreszeit entsprechend in einem hellen Grau. Man konnte erahnen, dass der Körper unter dem Jackett in der Bauchgegend deutlich gerundet war. Es war Gulliver, ehemals bekannt als C. C. Gull, ein gefeierter Paradiesvogel der Londoner Gesellschaft und einflussreicher Landschaftsarchitekt. Liebling der Yellow Press und dreimaliger Gewinner der Goldmedaille der Chelsea Flower Show.

Gulliver war vor einigen Jahren unter seinem Klarnamen nach Rosehaven gezogen, hatte die bunten Anzüge gegen Tweed und gedeckte Farben getauscht und mit Ruhe und Ausdauer das alte Pfarrhaus und den dazugehörigen Garten renoviert. Niemand im Dorf hatte geahnt, wer da in ihre Gemeinschaft gezogen war, doch Mags gegenüber hatte er seine Identität im letzten Jahr gelüftet. Zusammen hatten sie am Wettbewerb zur Umgestaltung der alten Zinnmiene im Inland Cornwalls teilgenommen, einen Mörder überführt und schließlich den Wettbewerb gewonnen. Aus der Zusammenarbeit war eine Freundschaft geworden, die ihnen beiden viel bedeutete. Die Arbeiten an dem Minengelände waren fast abgeschlossen, die einst so karge Landschaft erstrahlte in neuer Pracht, und in drei Tagen würde die feierliche Eröffnung stattfinden.

Mags bekam bei dem Gedanken an die Kameras, die vielen Besucher und Menschen und an ihre Rede zur Eröffnung schon jetzt feuchte Hände. Sie wusste, was sie und Gulliver geleistet hatten, keine Frage. Sie war stolz auf ihr gemeinsames Baby – und zeigte es auch gerne jedem, der Interesse hatte. Aber es war für sie ein riesiger Unterschied, ob sie das in einer ihrer Latzhosen und Turnschuhen tat oder in Samt und Seide. Na ja, nicht ganz Samt und Seide … Gulliver hatte sie nach einem strengen Blick unter seinen stets gepflegten Augenbrauen hervor mit nach St. Ives genommen, wo er und seine Schneiderin lange an Mags herumgezuppelt, all ihre Maße genommen und jeden Vorschlag von ihr mit einem höflichen Kopfschütteln abgelehnt hatten.

Mags hatte irgendwann aufgegeben zu protestieren, beschlossen, einfach das Handwerk der anderen anzuerkennen, und sich gefügt.

Zum Glück, denn der dunkelgrüne Hosenanzug mit den weiten Beinen und dem raffinierten Oberteil, war ein Traum. Und ein Geschenk von Gulliver, das sie nicht ablehnen konnte.

Er und die Schneiderin hatten ihr vehement verboten, Turnschuhe auch nur in Betracht zu ziehen. Stattdessen war sie nun stolze Besitzerin eines flachen Paars weicher Lederstiefel, die leicht wie eine Feder waren und fast schon unverschämt bequem. Die Eröffnung konnte kommen – und im Zweifelsfall würde sie das Mikrophon einfach an Gulliver weitergeben, der, sobald er sich auch nur für wenige Minuten in sein altes Ego C. C. Gull verwandelte, gar nicht genug davon bekommen konnte, im Mittelpunkt zu stehen.

Mags begrüßte Gulliver und ließ sich neben ihn auf einen der Hocker gleiten. Sam war, wie so oft, nach wenigen Sekunden von einem der Pubgäste in ein Gespräch gezogen worden. Die Leute wussten, dass er eine gute Geschichte immer zu schätzen wusste, und schon bald klang sein warmes Lachen durch den Raum.

Gulliver dachte gerade laut darüber nach, wie sie alle am besten nach Drabstock zur Eröffnungsfeier kämen, als Mags ihm ins Wort fiel.

»Auf den Rücksitz deines Wagens passt gerade mal eine Hutschachtel. Oder ein Picknickkorb von Fortune and Masons. Und mein Transporter hat auch nur zwei Plätze. Ich denke, wir nehmen deinen Wagen, und Sam fährt dann einfach bei Miss Clara mit.«

Mags hatte eine heimliche Leidenschaft für Gullivers Aston Martin entwickelt – und würde sich keine Gelegenheit entgehen lassen, in dem Sportwagen zu fahren und sich dabei wie in einem alten *James Bond*-Film zu fühlen.

Doch Gulliver schüttelte den Kopf.

»Ich glaube, das ist nicht möglich. Clara hat mir gestern gesagt, dass sie nicht kommen wird.«

»Sie kommt nicht?«

Mags merkte, wie sich ihr die Enttäuschung wie ein schwerer Stein auf den Magen legte, und stellte ihr Bierglas ab.

»Sie kommt nicht zu unserer Eröffnung? Ich hatte gedacht …«

Sie erinnerte sich an das abweisende Verhalten Miss Claras am Vormittag und an Erics besorgtes Gesicht.

»Ist sie sauer auf mich? Wegen der Hochzeit? Sie weiß doch, dass es schnell gehen musste, wenn wir noch …«

Sie brach ab. Es war ein offenes Geheimnis, dass im Pub jeder jedem zuhörte und dass alles hier Gesagte schnell zum Allgemeinwissen der Dorfbewohner wurde. Da aber außer wenigen Eingeweihten niemand wusste, dass Mags und Sam in Belize gewesen waren, sollte sie besser schweigen. Die Dorfbewohner gingen davon aus, dass sie durchgebrannt waren und an irgendeinem schicken Ort am Strand die Ringe getauscht hatten. Und so ganz verziehen sie das Mags und Sam bisher nicht. Auch der Wirt hatte nicht vor, die beiden so einfach mit ihrer Hochzeit außerhalb des Dorfes davonkommen zu lassen.

»Schnell musste es also gehen, ja? Ich dachte ja immer, heutzutage wartet niemand mehr bis zur Hochzeitsnacht …«

Er schlug Sam, der bei den letzten Worten zu Mags an den Tresen getreten war, auf die Schulter und lachte.

»Aber dann ist natürlich klar, warum ihr so Hals über Kopf in einen Flieger steigen wolltet …«

Mags verdrehte die Augen. Es waren ganz andere Dinge gewesen, die sie zur Eile getrieben hatten, aber das war etwas, was sie eben nicht erzählen konnte.

Keiner der Dorfbewohner wusste, dass sie ihre Mutter gefunden hatte. Und dass sie im Hinterland von Belize lebte, unter einem anderen Namen, mit einem neuen Leben. Und mit einer zweiten Tochter. Der Gedanke an ihre Halbschwester ließ Mags kurz lächeln. Sie war der Grund gewesen, warum Mags so schnell nach Belize hatte reisen müssen. Sie hatte ihnen von den Problemen auf der Farm ihrer Mutter erzählt und um Hilfe gebeten. Mags und Sam waren ihrem Ruf gefolgt und hatten in dem kleinen Land in Mittelamerika eine Hochzeitsreise genossen, wie wohl kein anderes Paar sie so schnell erleben würde. Unvergesslich mit Sicherheit. Über die Romantik ließe sich wahrscheinlich streiten. Mags hoffte, die Geschichte irgendwann einmal ihren Enkeln erzählen zu können, wenn sie alt und runzelig vor ihrem Cottage in der Sonne säße. Aber ob die ihr das glauben würden?

Sam, der sich nicht provozieren ließ und mit einem nachsichtigen Lächeln an seinem Bier nippte, wechselte geschickt das Thema und wandte sich an den wie immer schweigenden und beobachtenden Albert.

»Hast du eine Idee, wer mir noch etwas über die Vergangenheit unseren neuen Hauses erzählen könnte? Aus der Zeit, bevor die Adams es gekauft haben? Wendy Adams kommt ja nächste Woche und wird mir auch etwas sagen können. Aber ich weiß nicht, wie viel sie über die Geschichte des Hauses weiß.«

»Wendy Adams?«

Mr Kelvin hatte den Namen ziemlich laut und ungläubig wiederholt. Mags merkte, wie einige der Gäste erstaunt aufsahen und es im Pub plötzlich deutlich leiser geworden war. Sie sah sich erstaunt um.

»Was ist?«

»Wendy Adams kommt hierher?«

Mr Kelvins Stimme hatte einen ungläubigen Ton angenommen. Im Pub setzte ein leisen Wispern ein, als die Neuigkeiten auch in die hinteren Räume weitergegeben wurden.

»Hierher nach Rosehaven?«

»Sie besucht Jim und will sich noch einmal vom Cottage verabschieden.«

Mags sah, dass sich um sie herum einige der Gesichter verfinstert hatten.

»Ist das ein Problem?«

Mr Kelvin seufzte tief.

»Nein. Kein Problem. Aber ihr wisst, was damals mit Wendys Bruder passiert ist?«

»Ja. Jim hat es uns erzählt. Aber was ...?«

Bevor der Wirt antworten konnte, war aus dem hinteren Bereich des Pubs eine tiefe Stimme zu hören, die die Musik und das Stimmengewirr der anderen Gäste übertönte.

»Hat Jim auch erzählt, was Wendy danach alles an Lügen verbreitet hat?«

Ein älterer Mann war von seinem Tisch aufgestanden. Im Pub wurde es in Sekundenschnelle still. Nichts war besser als ein Sonntagmorgen im Pub mitsamt dazugehörigem Drama.

Mags hatte den Mann schön öfters gesehen, er musste in Rosehaven leben. Aber da er weder im Gartenverein noch bei der von Miss Clara organisierten freiwilligen Bürgerwehr war, musste sie kurz überlegen, bevor sie ihn einordnen konnte.

Gavin Hunter, das war sein Name. Ihr Vater hatte ein- oder zweimal mit ihm zu tun gehabt. Er war Elektriker und lebte am Rande des Dorfes in einem der Häuser aus den sechziger Jahren. Einmal war er bei ihnen zu Hause gewesen, als sie noch ein Kind gewesen war. Mags erinnerte sich daran, dass er seine Schuhe ausgezogen und auf dicken, bunt gestrickten Socken zusammen mit ihrem Vater in die Küche gegangen war. Die Socken waren ihr im Gedächtnis geblieben, ebenso die tiefe und schöne Stimme.

Gavin Hunter sah Mags nun mit hochgezogenen Augenbrauen und geballten Fäusten an. Er war nicht sonderlich groß, sehr dünn und trug einen Sonntagsanzug, der an den Schultern zu breit war. Um seinen Hals lag ein bunter Wollschal, und Mags entspannte sich etwas. Wer so bunte Socken und einen solchen Schal trug, konnte nicht allzu gefährlich sein. Auch, wenn seine Wut deutlich zu spüren war. Aber bevor sie antworten konnte, stand neben Gavin ein zweiter Mann auf und legte ihm eine große Hand auf die Schulter. Ihn kannte Mags besser, denn er war Mitglied bei der Bürgerwehr und oft als einer der Ersten an den Einsatzorten. Roger Wood, groß gewachsen und stämmig. Seine Stimme war leiser, aber nicht weniger einschneidend. Miss Clara hatte ihr einmal erzählt, dass Roger wie sein Vater beim Militär gewesen war. Seine Frau war im Gemeinderat der Kirche.

Sie lebten im Haus seiner Familie einige Kilometer vor Rosehaven. So langsam wurde Mags schon wie Miss Clara, voller Informationen über alles und jeden. Sie zuckte zusammen bei dem Gedanken, nicht sicher, ob das eine gute oder eine schlechte Vorstellung war.

Roger Wood nickte ihr zu und zog Gavin wieder an den gemeinsamen Tisch. Vor ihnen lag ein Kartenspiel. Anscheinend waren beide Mitglieder eines der vielen sonntäglichen Stammtische.

»Gavin, lass es gut sein. Es ist doch so lange her. Wendy war damals ein Kind.«

Gavin schüttelte Rogers Hand ab und blickte immer noch wütend in die Runde.

»Oh, sie hat sich aber nicht so verhalten. Sie hat uns allen die Reporter und die Polizei auf den Hals gehetzt. Mein Gott, sie war sogar bei uns zu Hause und hat mich und meinen Bruder vor meinen Eltern beschuldigt, zu lügen und ihrem Bruder etwas angetan zu haben. Und wir waren nicht die Einzigen. Sie hat mich beschuldigt, außerdem meinen Bruder Shane, Stuart und auch dich, Roger. Sie hat nur so um sich geworfen mit ihren Anschuldigungen. Und noch Jahre später hat sie immer und immer wieder irgendeinen Reporter gefunden, der sich auf die Geschichte gestürzt hat. Diese Frau ist verrückt, jawohl. Wenn sie auch nur in die Nähe meines Hauses kommt, werde ich den Hund auf sie hetzen.«

Der Mann atmete schwer, der bunte Schal hatte sich gelöst, und ein Ende war auf den Tisch neben die Karten gefallen.

»Setz dich jetzt, alle haben dich gehört.«

Roger Wood zog ihn endgültig zurück auf den Stuhl, wo er nach seinem Bier griff und es in einem großen Schluck austrank. Die beiden Männer steckten die Köpfe zusammen, und die Gespräche im Pub setzten wieder ein.

Mags griff schweigend ebenfalls nach ihrem Bier und sah Mr Kelvin fragend an.

»Was war das denn?«

Der Wirt winkte ab.

»Gavin ist immer noch wütend. Es hat damals so viel böses Blut im Dorf gegeben. Er war zu der Zeit mit einem Mädchen zusammen. Er hat sie wohl ziemlich geliebt. Und Wendy hat ihn vor diesem Mädchen beschuldigt, ein Mörder zu sein. Die Jungs wurden monatelang gemieden wie die Pest.«

»Aber wie kam Wendy denn darauf, dass sie etwas mit Terrys Verschwinden zu tun hätten?«

»Terry war an dem Abend mit vier anderen Spielern seiner Mannschaft unterwegs. Roger Wood, Gavin Hunter und sein Bruder Shawn. Und Stuart Lewis.«

Mags horchte auf. »Stuart Lewis? Er war gestern bei uns am Cottage. Er wirkte verwirrt und war anscheinend auf der Suche nach Wendy.«

Mr Kelvin griff nach seinem Zapfhahn, um eine neue Runde Bier zu zapfen.

»Bei euch? Er lebt doch in St. Martin, dachte ich.«

Mrs Kelvin war aus der Küche getreten. Sie musste den letzten Teil des Gespräches mitbekommen haben, denn sie mischte sich ein.

»Das ist ein weiter Weg, nur um jemandem etwas zu erzählen.«

Wie immer trug die Wirtin des Golden Budgie eine ihrer selbstgenähten Schürzen, die zu ihrem Markenzeichen geworden waren.

Heute war ihre Schürze hellblau und mit einem Muster aus kleinen Gänseblümchen versehen. Mags musste lächeln, als sie sah, dass die Gänseblümchen grinsende Gesichter hatten.

Sam hatte sich inzwischen wieder dem Wirt zugewandt.

»Sein Sohn hat mir erzählt, dass sein Vater seit Monaten immer verwirrter wird. Sie haben Alzheimer bei ihm diagnostiziert. Sein Sohn sucht wohl schon händeringend nach einem guten Platz in einem Heim. Nur will Stuart sein Haus und seinen Garten nicht verlassen. Sie hatten gehofft, es würde mithilfe der Nachbarn und Freunde noch einen letzten Sommer gehen.«

Mags stellte sich vor, wie sie sich ohne einen eigenen Garten und die Möglichkeit, Erde unter den Händen zu haben, fühlen würde.

»Gibt es keine andere Möglichkeit?«

Sam schien zu spüren, was sie beschäftigte, und drückte ihre Schulter.

»Wenn die Krankheit so schnell fortschreitet, dann wird Stuart bald nicht mehr auf sich aufpassen können. Und so wie es aussieht, läuft er inzwischen ja auch einfach von zu Hause weg. Er muss wirklich einen guten Schutzengel gehabt haben. Ich befürchte, noch länger alleine in einem Haus zu leben, das wird nicht mehr gehen.«

Mags dachte an die grünen Augen, den ausgeblichenen Strohhut und an die von der Gartenarbeit gezeichneten Hände des alten Mannes. Sie hoffte sehr, dass er noch diesen einen letzten Sommer haben würde.

Die Schwalbe guckte aus ihrem Nest über dem offenen Küchenfenster hervor. Sie hatte dieses Jahr zwei Eier gelegt, und ihr Gefährte war gerade unterwegs. Der Platz war gut geeignet, um Junge aufzuziehen. Das Nest war stabil und windgeschützt, das weit vorstehende Dach hielt Regen und zu viel Sonne ab. Der große Garten bot ausreichend Nahrung für alle möglichen Insekten. Hinter dem Zaun lagen die offenen Wiesen, auf denen viele Insekten ihren Weg suchten und ihnen ausreichend Nahrung boten.

Der Mensch, der im Haus lebte, war ebenfalls angenehm. Er hatte im letzten heißen Sommer mehrere Schalen mit Wasser für sie und die anderen Vögel aufgestellt. Normalerweise summte er leise vor sich hin, während er im großen Garten arbeitete. Doch heute redete er mit sich selbst, schnell und aufgeregt. Anspannung lag in der Luft. Kein Gewitter, sondern die Art von Spannung, die Menschen wie ein feines Netz um sich herum erzeugen konnten. Und für die sie selbst anscheinend völlig blind waren. Die Schwalbe schloss die Augen in der warmen Sonne und spürte die kleinen Herzschläge ihrer Jungen in den Eiern unter sich, während die Wörter des Menschen zu ihr nach oben drangen.

»Wenn Wendy kommt, dann kann ich ihr alles erzählen. Dann ... Aber Jack sagt, ich soll nicht wieder los. Ich soll nicht ... Ich bleibe lieber hier. Zu Hause. Anne kann mich ablenken, sie wird mir etwas zu essen kochen und ... Nein. Falsch. Anne ist ja gar nicht mehr da. Dummer Kopf, ich weiß das doch. Weiß ich doch alles. Stuart, du darfst das nicht vergessen. Wer du bist. Wo du lebst. Ich sollte es mir immer wieder sagen. Wer ich bin. Wo ich lebe. Wir haben Sommer. Es ist Sommer, und ich arbeite im Garten, und Anne ist tot, und Wendy kommt bald, und ich kann es ihr erzählen. Es tut mir ja so leid. Vielleicht kann ich es dann vergessen. Aber nicht Anne. Bitte nicht Anne oder Jack oder die anderen. Meine Familie. Ich bin Stuart, und es ist der Beginn eines neuen Sommers, und Wendy wird es wissen, und dann kann ich das zumindest vergessen.«

Der Mensch murmelte weiter vor sich hin, und die Schwalbe hoffte, das er sich wieder beruhigen würde. Wenn er nicht sprach, dann summte er so schön.

Seine Wörter wurden leiser und ruhiger, und die Schwalbe hörte, wie der Mensch die ersten Töne einer Melodie zu summen begann.

»Stuart!«

Ein weiterer Mensch, die Stimme laut und wie ein heftiger Windstoß.

»Stuart, wo bist du?«

Die Schwalbe hörte Schritte auf dem Gartenweg, ein Schatten fiel auf den Menschen, der auf den Gehwegplatten kniete. Das Summen verstummte.

Und wenige Sekunden später spürte die Schwalbe, dass sie es auch nie wieder hören würde.

7

Mit einem lauten Poltern schmiss Sam die Wurzelbürste auf den Boden und stöhnte auf.

»Das ist keine Arbeit, das ist eine Strafe!«

Mags sah auf und blickte in das genervte Gesicht ihres Ehemannes.

»Erklär mir noch mal, warum wir das nicht mit einer Maschine machen können.«

Sie knieten auf dem Boden der großen Küche, die die Hälfte des Erdgeschosses einnahm. Draußen lag der Garten schon in der Dämmerung, und das sanfte Gleiten der Schwalben wurde von dem schnellen Flattern der Fledermäuse abgelöst.

Auch im Garten ihres Elternhauses hatte es Fledermäuse gegeben, und Mags sah sie als weiteres Zeichen dafür, im Meadow Cottage ein neues Zuhause gefunden zu haben. Wahrscheinlich nisteten sie in den alten Scheunen – sie würden beim Umbau darauf achten müssen, keine Nistplätze zu zerstören.

»Mags? Warum können wir bitte, bitte nicht eine dieser hübschen Maschinen benutzen, die Jim für die anderen Böden hatte?«

Im Gegensatz zu ihm war sie als Gärtnerin körperliche Arbeit, vor allem im Knien oder in gebückter Haltung, gewohnt. Sam, dessen schlaksiger Körper eher Spaziergänge und Schreibtische kannte, stöhnte und rieb sich das Kreuz. Geduldig wiederholte Mags, was sie ihm schon vor zwei Stunden auseinandergesetzt hatte.

»Eine Poliermaschine würde einfach alles abschleifen, ohne Rücksicht auf die Bemalungen. Jim hat im Flur die schlichten Fliesen mit der Maschine bearbeitet und neu versiegelt, ja. Aber wenn wir das hier versuchen, riskieren wir, die Farbschichten zu beschädigen. Diese Fliesen sind über hundertfünfzig Jahre alt und werden so nicht mehr hergestellt. Du bist doch der Historiker von uns, du solltest das zu schätzen wissen. Wir erhalten hier Geschichte!«

Sie schaffte es, ernst zu bleiben und das in ihr aufsteigende Lachen zu unterdrücken. Sam war gereizt und würde es ihr sicherlich übel nehmen, wenn sie jetzt über ihn lachte.

Sie und Jim hatten unter mehreren Schichten alten PVCs in der Küche einen alten Fliesenboden entdeckt. Leider war die letzte Schicht der Böden ohne Rücksicht auf die Fliesen geklebt worden.

Und diese hartnäckige Schicht an Kleberesten und Schmutz trugen sie und Sam gerade vorsichtig mit zwei Wurzelbürsten und einem Eimer mit Seifenlauge ab.

»Stell dir einfach vor, wie es aussehen wird, wenn wir fertig sind und der Boden neu versiegelt ist! Du läufst dann jeden Morgen über viele, viele Jahre Geschichte, wenn du mir meinen Tee holst und ans Bett bringst.«

»Tee ans Bett?«

»Klar. Das ist das Mindeste, was ein aufmerksamer und liebender Ehemann für seine zauberhafte Frau tun kann, oder?«

»Und was bekomme ich im Gegenzug?«

Mags lachte, griff erneut nach der Bürste und tauchte sie in das warme Seifenwasser.

»Das zeige ich dir, wenn wir mindestens noch zwanzig Fliesen geschafft haben.«

»Wir sind wirklich verheiratet, richtig?«

Mags lehnte sich an Sams Schulter und sah in das Feuer, das in dem mittlerweile wieder freigeräumten und funktionierenden Kamin brannte. Die Vormieter hatten den Abzug mit einem alten Brett verschlossen und ihn zur Zimmerseite mit einem dicken Regal zugestellt. Vielleicht um Zugluft zu vermeiden, vielleicht aus Angst vor offenem Feuer, Mags wusste es nicht. Sie wusste nur, dass der große Kamin mit seinem neuen Sims aus dunklem Eichenholz phantastisch aussah und zu Weihnachten ausreichend Platz für ihre Strümpfe bieten würde. Das Stück Eiche kam aus einem der geheimen Vorräte Jims, hatte wohl in seinem früheren Leben in einer Scheune oder einem Haus als Stützbalken gedient und wirkte unverwüstlich auf der ansonsten weiß getünchten Wand.

Sie und Sam saßen unter eine dicke Wolldecke gekuschelt auf dem alten durchgesessenen Samtsofa, das sie in einem der oberen Zimmer gefunden hatten. Es war mit seinem dunkelgrünen Bezug weder besonders schön noch besonders bequem dank der alten, ausgeleierten Federung, aber trotzdem würde Mags um nichts in der Welt an einem anderen Ort sitzen wollen als genau hier.

Sam hatte seine Arme um sie gelegt, und sie spürte seinen ruhigen Atem an ihrem Ohr.

»Ja, wirklich und wahrhaftig verheiratet. Auch, wenn es zwischendurch so schien, als hätte sich ganz Belize verschworen, um uns wieder auseinanderzubringen …«

Mags verzog das Gesicht bei der Erinnerung an die Turbulenzen, die ihre sogenannte Hochzeitsreise begleitet hatten.

»Wir scheinen einfach ein Händchen für Schwierigkeiten zu haben, oder?«

»Wir? Ich würde eher sagen, du hast ein Händchen …«

Sam stöhnte kurz auf, als Mags ihm ihren Ellbogen unsanft in die Rippen drückte. Sie lächelte und blickte wieder ins Feuer.

»Aber egal, was passiert ist, dieses Cottage hier steht für unseren Neuanfang.«

Sie hatten in den letzten Wochen viel erreicht. Nach einigen Überlegungen waren sie sich schnell einig gewesen, das Innere des Cottages mit seinen kleinen Zimmern weitgehend so zu belassen, wie es war. Die Wände hatten sie von Tapeten und Farbschichten befreit und dort, wo es nötig war, neu verputzt. Bisher hatten sie alle Zimmer in einem warmen Weiß gestrichen, die Fensterrahmen innen und außen in einem zarten Grün. Im Erdgeschoss waren alle Bodenbeläge entfernt und die ursprünglichen Fliesen freigelegt worden. Die Dielenböden im oberen Stockwerk wollte Jim noch abschleifen. Viele Möbel hatten sie nicht, Mags freute sich aber schon darauf, bei den Trödlern der Umgebung nach und nach passende Stücke zu finden. Sie hatten es ja nicht eilig, und im Moment gefiel ihr die aus den Umständen entstandene minimalistische Einrichtung gar nicht so schlecht. Sam hatte das größte Zimmer im Obergeschoss mit Blick auf den Garten und die dahinterliegenden Wiesen zu seinem Arbeitszimmer auserkoren. Mags würde den Wintergarten als provisorisches Büro nutzen, bis die Umbauten an den Scheunen abgeschlossen waren.

Sam setzte sich auf und strich ihr die Haare aus dem Gesicht.

»Ich muss immer wieder an den verschwunden Jungen denken. Stört es dich, dass wir in einem Haus leben, in dem Menschen …«

»Gelitten haben?«

Sam nickte und griff nach seinem Weinglas.

»Nach allem, was Jim und Miss Clara erzählt haben, muss es fürchterlich für die Familie gewesen sein.«

Mags dachte kurz nach.

»Nein. Das stört mich nicht. Das Haus wurde vor so vielen Jahren erbaut – es werden viele Menschen in ihm gestorben sein, aber auch viele geboren. Es gab Feiern. Hochzeiten und Totenwachen. Das gehört dazu. Mich stört es nicht. Ich hoffe einfach nur, dass Jims Freundin loslassen kann. Fünfzig Jahre sind eine lange Zeit.«

»Das hoffe ich auch.«

Draußen wurde der Wind immer stärker. Das alte Haus ächzte und knarrte und wirkte dadurch nur umso gemütlicher. Wahrscheinlich hatte es schon weitaus schlimmeren Stürmen getrotzt. Die dicken Mauern und das schwere Reetdach würden sie und Sam ebenso schützen, wie sie schon seit Hunderten von Jahren die Bewohner vor ihnen geschützt hatten.

Mags schloss die Augen, lehnte sich gegen Sam und schlief ein.

8

»Oh, nein!«

Mags starrte auf das, was der Sturm von ihrem Garten übrig gelassen hatte.

Sämtliche Blumen waren geknickt und lagen wie verwundete Krieger auf dem Boden. Die Köpfe der Pfingstrosen waren abgeknickt, der wilde Mohn hatte seine roten Blätter über den Garten verteilt. Sämtliche Büsche und Hecken sahen aus wie gerupft und streckten einzelne Äste wild in den nun wieder von Wolken leergefegten Himmel.

Sie ließ ihren Blick über den Garten schweifen, um dann bei dem Anblick, der sich ihr bot, zusammenzuzucken. Von den drei Weiden standen nun nur noch zwei neben dem Fluss. Die größte von ihnen war umgekippt und streckte ihre Wurzeln in die Luft. Der Boden unter ihr war aufgerissen und dunkel.

Mags schluckte. Die abgeknickten Blumen würde sie abschneiden können, andere würden sich von alleine wieder aufrichten. Die Pfingstrosen würden im nächsten Jahr erneut ihre Pracht entfalten, das war der Lauf der Dinge. Aber einen so großen und alten Baum umgestürzt zu sehen, war etwas anderes. Sam trat an ihre Seite, und schweigend gingen sie zu der Weide und blieben, Hand in Hand, wenige Meter vor ihr stehen.

»Können wir da etwas machen?«

Sam strich mit einer vorsichtigen Bewegung über die noch so grünen Zweige des Baumes. Sie schüttelte den Kopf.

»Nein. Sie ist zu schwer geworden, der Stamm ist an einigen Stellen hohl, und die Wurzeln konnten das Gewicht im Sturm nicht mehr halten. Wäre es nicht dieser Sturm gewesen, dann einer der nächsten.«

Mags legte ihre Hand auf den Stamm, der noch so voller Leben war.

»Sobald es möglich ist, werde ich die anderen Weiden beschneiden und verhindern, dass es ihnen ähnlich ergeht. Vielleicht kann ich sie auch stützen oder anders sichern. Da muss ich aber einen Freund fragen, der Baumpfleger ist. Sicherlich hat er eine Idee.«

Sie konnte spüren, dass der Verlust der Weide Sam mitnahm.

»Aber für diese hier ist es zu spät. Du kannst einen so großen Baum nicht einfach wieder einpflanzen, wenn er einmal umgestürzt ist.«

»Was machen wir dann damit?«

»Wir können ihn am Rand des Grundstückes liegen lassen. Er würde vielen Tieren und Pflanzen als Unterschlupf dienen. Oder wir können ihn schlicht als Brennholz verwenden. Dann wird er uns einige Zeit warmhalten.«

Sam schien die Vorstellung nicht zu behagen. Sie drückte seine Hand.

»Aber ich werde auf jeden Fall einige seiner jungen Zweige abschneiden und Stecklinge ziehen. Das geht aus Weiden sehr einfach. Sie sind dafür gemacht, im Kleinen weiterzuleben und zu wachsen. So könnte aus der Weide hier etwas ganz Neues werden.«

Sam legte nun auch eine Hand auf den dicken Stamm. Seine Finger waren schlank und von der Sonne braun gebrannt. Ihre Hand daneben war kleiner, der Handrücken mit Sommersprossen überzogen und, wie es für eine Gärtnerin unvermeidbar war, voller kleiner Kratzer und Narben. An ihrem Ringfinger funkelte ihr Ehering.

»Er fühlt sich nicht tot an.«

»Nichts in der Natur stirbt. Es wird umgewandelt, verändert sich, wird wieder aufgenommen und neu in den Kreislauf aller Dinge geschickt.«

Für Mags als Gärtnerin war dieser Gedanke eine Selbstverständlichkeit, alltägliche Grundlage ihrer Arbeit. Aber sie merkte, wie Sam, der mehr Zeit seines Lebens in Städten und in Häusern zugebracht hatte als unter freiem Himmel, erstaunt aufsah.

»Glaubst du daran? Also an diese Art von Wiedergeburt?«

Mags lachte.

»Was für ein großes Wort für eine oft sehr kleine Sache. Aber ja, wahrscheinlich glaube ich daran. Und bevor du fragst, ich bin mir nicht sicher, ob das, was in der Natur geschieht, das ist, was Menschen sich wünschen, wenn sie über Wiedergeburt sprechen.«

Sie sah Sam an der Nasenspitze an, dass er zu einem längeren Vortrag ansetzen wollte, der sicherlich einige interessante Fakten über Vorstellungen von Wiedergeburt durch die Jahrhunderte und Kulturen hindurch enthalten würde, und redete schnell weiter. Sie war nicht in der Stimmung für Geschichte.

»Aber vor allem glaube ich daran, dass ein Sonntagmorgen, an dem der Sturm vorbei ist und die Sonne wieder lacht, kein guter Moment ist, über solche Dinge zu philosophieren. Ich habe Hunger. Und ich …«

Mags war während ihrer Worte um den Baum herumgegangen und blieb plötzlich stehen.

»Hier ist etwas.«

»Sag nicht, dass du schon wieder …«

Mags lachte, als sie das Entsetzen in Sams Stimme hörte. Nur wenige Tage, nachdem sie und er sich das erste Mal über den Weg gelaufen waren, hatte Mags mit seiner Hilfe im Garten eines großen Anwesens menschliche Knochen ausgegraben und damit eine Abfolge von Ereignissen in Gang gesetzt, die am Ende für sie mehr als nur gefährlich geworden waren.

»Nein. Es ist eine Dose. Eine alte Teedose. Sie ist ganz verrostet.«

Mags beugte sich nach vorn, um die Dose zwischen den Wurzeln des umgekippten Baumes hervorzuziehen.

»Jemand muss sie unter dem Baum vergraben haben.«

Vorsichtig öffnete sie den Deckel und blickte auf den Inhalt. Ein Lächeln legte sich auf ihr Gesicht.

»Und ich wette, dass dieser Jemand ein Kind war. Schau!«

In der Dose konnte sie, neben einigen Gegenständen, die fein säuberlich in ein Wachstuch eingewickelt waren, eine Spielzeugfigur erkennen, einige Murmeln, eine Art goldenes Abzeichen und mehrere kleinere Steine, die wie Fossilien aussahen.

Sam hatte neugierig über ihre Schulter gelugt. Für ihn, der gerade in der Welt der Kinder- und Jugendbücher lebte, musste eine geheime Schatzdose besonders faszinierend sein.

»Lass uns das drinnen genauer anschauen.«

Sie konnte die Begeisterung in seiner Stimme hören.

Als sie an der Küchentür angekommen waren und sich gerade die Gummistiefel abstreifen wollten, hörte Mags, wie ein Auto den Weg entlangfuhr. Sie richtete sich auf.

»Wir bekommen Besuch.«

Sie umrundeten das Haus. Vor ihnen hielt ein kleiner roter Wagen. Die Fahrerin stieg aus, und auf der Beifahrerseite versuchte Jim unter leisem Fluchen, seinen großen und zugegebenermaßen auch wohl gerundeten Körper aus dem Auto zu falten.

»Wir hätten meinen Wagen nehmen sollen.«

»Damit ich hinterher nach Hühnerstall und nach – sagen wir mal vorsichtig – Kräutertee rieche? Nein, danke.«

Die Frau strich ihren Rock glatt und sah sich um, dann fiel ihr Blick auf Mags und Sam. Sie hatte ein offenes Lächeln, das ansteckend wirkte und ihre braunen Augen zum Leuchten brachte. Ihre braunen gelockten Haare waren mit grauen Strähnen durchzogen und zu einem kurzen Bob geschnitten, der ihre hohen Wangenknochen und die geschwungenen Augenbrauen betonte. Sie trug einen mit fröhlichen Blüten bedruckten Rock und eine hellblaue Strickjacke. Einzig ihre Nase, die mit einem deutlichen Stups nach oben endete, passte nicht ganz in das Gesamtbild. Die wachen Augen musterten sie.

»Hallo!«

Mags lächelte. Jim, wie immer in Jeans und T-Shirt gekleidet, trat neben die Frau. Er wirkte wie ein haariger Riese, der neben einem Kobold stand. Die Nacht auf dem Sofa und der Fund der Schatzkiste hatten Mags offenbar in eine merkwürdige Stimmung versetzt. Kobolde und Riesen ... Sie sollte sich besser konzentrieren, bevor sie sich vor der ehemaligen Besitzerin des Hauses blamierte.

»Hallo! Sie müssen Wendy sein. Mags Blake. Und das ist mein Mann, Sam Hawthorne. Wir freuen uns, Sie kennenzulernen.«

»Oh, ich freue mich auch. Jim hat mir schon so viel über Sie erzählt, dass ich das Gefühl habe, alte Freunde zu treffen.«

Sie nahm Mags' Hand und drückte sie fest.

»Ich hoffe, es macht keine Umstände, dass ich so einfach auftauche.«

»Nein, gar nicht. Wir freuen uns. Wir sind so dankbar, dass wir das Cottage ...«

»Papperlapapp! Ich hätte es nicht ertragen, wenn hier irgendwelche Leute eingezogen wären, die nur im Sommer da sind oder das Ganze in schicke Wohnungen umbauen oder den Garten in eine pflegeleichte Rasenfläche verwandeln.«

Als Mags der Frau nun aus der Nähe ins Gesicht schauen konnte, sah sie, dass hinter der fröhlichen Stimme und dem Lachen noch etwas anderes versteckt war. Nervosität – vielleicht sogar Angst. Wie musste es sein, nach so vielen Jahren wieder an dem Ort zu sein, der mit so vielen Erinnerungen verbunden war? Mags konnte es sich kaum vorstellen, aber sie würde dafür sorgen, dass Wendy sich wohl fühlte und ihre Entscheidung nicht bereute. Spätestens, als sie die Zuneigung in den Blicken bemerkte, die Jim Wendy zuwarf, war Mags klar, dass sie Wendy Adams mit offenen Armen empfangen sollte. Sie lächelte und erwiderte den Druck der Hand.

»Nun gut. Also kein Papperlapapp. Aber ich habe gerade eine frische Kanne Tee gekocht, wir haben noch einen Korb voller Brötchen und Marmelade, die mir einer meiner Kunden gestern geschenkt hat. Vielleicht setzen wir uns hinters Haus? Es ist alles etwas durcheinander vom Sturm letzte Nacht, aber das macht ja nichts.«

Sie sah, wie Wendys Blick über den zerzausten Garten glitt.

»Wir sind auch ziemlich durchgepustet worden. Zum Glück liegt Jims Haus so gut geschützt, aber oben an der Straße …«

Sam war neben Mags getreten, und der Blick der Frau fiel auf die Blechdose in seiner Hand.

»Was? Woher …?«

Sie wurde leichenblass, schnappte nach Luft und geriet ins Taumeln. Jim fing sie in einer schnellen Bewegung auf.

»Wendy!«

9

»Das tut mir so leid.«

Mags blickte erschrocken auf Wendy, die auf der Bank vor dem Haus saß und mit blassem Gesicht und vor Schreck immer noch geweiteten Augen auf die Dose vor ihr auf dem Boden starrte.

Sam war ins Haus geeilt und kam nun mit einem Glas Wasser in der einen Hand und einem kleineren Glas mit einer goldenen Flüssigkeit in der anderen Hand wieder heraus.

»Hier, trinken Sie.«

Wendy sah auf und griff nach kurzem Zögern nach dem kleineren Glas und stürzte seinen Inhalt mit einem beherzten Schluck hinunter.

»Ah …«

Sie hustete, richtete sich auf und sah von Mags zu Sam und wieder zurück.

»Das ist Terrys alte Dose.«

Sie streckte die Hand danach aus, wie um nach ihr zu greifen, sank dann aber wieder unentschlossen zurück auf die Bank.

»Woher haben Sie die?«

Mags bemerkte erleichtert, dass Wendys Wangen wieder etwas Farbe bekommen hatten.

»Ich habe sie gerade gefunden. Der Sturm hat gestern Nacht eine der alten Weiden am Bachlauf entwurzelt, und unter den Wurzeln sah ich die Dose glänzen.«

Wendy streckte die Hand erneut nach der Dose aus, hielt dann aber inne, als würde etwas sie zurückhalten. Ihre Stimme war immer noch leise und Jim streichelte ihr besorgt über den Rücken.

»Was für ein Zufall … Was für ein verrückter Zufall. Oh, Jim! Es ist wirklich Terrys Dose …«

Jim griff nach ihrer Hand, und als er sprach, klang seine sonst so laute Stimme rau und erstickt.

»Nicht Zufall, Wendy – Schicksal. Ich denke, die Dose ist ans Licht gekommen, eben weil du gekommen bist.«

Mags sah, wie die Frau ihre Schultern straffte. Trotz ihrer sichtbaren Aufregung sah sie Jim skeptisch an. Wendy Adams war taff, so viel war klar.

»Du meinst, der Sturm war dafür da, die Weide umzustürzen und die Dose freizulegen? Für mich? Erzähl das besser nicht den ganzen Hausbesitzern in Cornwall, denen der Sturm die Dächer abgedeckt hat. Und bitte auch nicht den Elektrizitätswerken. Es könnte sonst die eine oder andere Klage auf Schadensersatz auf mich zukommen.«

Sie versuchte, ihre Fassung zurückzugewinnen. Trotz der betont forschen Stimme waren ihr Augen immer noch glasig, und die Hände, die von dunklen blauen Adern durchzogen waren, zitterten.

»In der Dose sammelte Terry immer seine geheimen Schätze. Er hat sie gehütet. Und vor seiner kleinen Schwester versteckt. Ich wollte sie immer haben und bin fast geplatzt vor Neugier, was da wohl drin ist. Aber er hat mich nie hineinsehen lassen. Nachdem er …«

Sie musste kurz innehalten, und Mags bekam eine Ahnung davon, was die Erinnerung an ihren Bruder alles ihr auslösen musste.

»Nachdem er weg war, habe ich sein ganzes Zimmer durchsucht. Das ganze Haus. Ich hatte das Gefühl, wenn ich bloß Terrys Dose finde, dann kommt auch er um die Ecke und erwischt mich dabei und schimpft mit mir und …«

Ihre Stimme brach.

»Entschuldigung. Ich hatte einfach nicht mit so etwas gerechnet.«

»Es muss grausam gewesen sein.«

Wendy sah Mags an und nickte dann langsam.

»Ja, das war es. Grausam. Nicht zu wissen, was passiert ist. Wo er war. Ob er lebte. Oder ob …«

Mags hielt ihrem Blick stand und merkte, wie zwischen ihnen in den wenigen Sekunden ein Band geknüpft worden war, das nur aus geteilten Erfahrungen entstehen konnte.

»Ihre Mutter, richtig? Jim hat mir erzählt, dass Ihre Mutter …?«

»Sie war ebenfalls weg. Ich war damals noch klein, habe kaum noch eine Erinnerung. Aber die Lücke, diese kalte, dunkle Lücke, war trotzdem immer da.«

Sie wusste nicht, wie viel Jim Wendy erzählt hatte. Sie hatte ihre Mutter wiedergefunden, wusste, dass sie lebte. Aber die Erinnerung an die vielen Jahre, in denen sie immer nur den Verlust und die Angst gespürt hatte, war dadurch nicht verschwunden.

Wendy seufzte.

»Ich habe so viele Jahre nach ihm gesucht. Auch als ich es niemandem außer mir mehr eingestehen konnte. Auch, als ich allen Menschen um mich herum längst versicherte, ich hätte meinen Frieden damit gemacht, habe ich noch nach ihm gesucht. Wenn ich im Supermarkt einen Mann gesehen habe, der das richtige Alter, seine Statur, seine Augen hatte, bin ich ihm nachgelaufen in der Hoffnung, er wäre Terry.«

Sie starrte auf die Dose.

»Ja. Es war grausam. Und das ist es noch. Ich dachte, ich müsste damit endlich abschließen. Mich verabschieden, von dem Haus, von Cornwall, von Terry und meinem Schmerz. Fünfzig Jahre sind mittlerweile vergangen. Aber nun sitze ich hier, sehe auf seine Dose, diese dumme Dose, und alles fühlt sich an, als wäre es erst gestern gewesen.«

Alle schwiegen, und das einzige Geräusch war das emsige Fiepen der Schwalbenküken, die über ihren Köpfen auf die Rückkehr ihrer Eltern und auf neues Futter warteten.

»Ich muss noch überlegen, was ich damit mache. Vielleicht sollte sie einfach dortbleiben? Dort, wo Terry sie damals versteckt hat? Ich weiß es einfach nicht.«

Mags wusste nicht, was sie sagen sollte, aber Sam ergriff das Wort. Seine Stimme war ruhig, und die Bestimmtheit darin ließ sie alle aufsehen.

»Lassen Sie die Dose doch einfach hier. Vorerst zumindest. Wir bewahren sie sicher im Cottage für Sie auf, und Sie können in Ruhe überlegen, was Sie damit machen wollen. Es eilt ja nicht.«

Erleichterung legte sich über Wendys Züge.

»Da ist eine gute Idee. Ich werde morgen vielleicht etwas klarer denken können.«

Sie richtete sich auf und ließ den Blick über den Garten schweifen.

»Es ist so lange her. So viele Jahre, und doch …«

Jim legte ihr den Arm über die Schulter.

»Du kannst bleiben, so lange du willst.«

»Danke, das weiß ich zu schätzen. Ich würde gern ein anderes Mal auf das Angebot von Tee und Brötchen zurückkommen.«

Sie streckte Mags ihre Hand entgegen, die sie ergriff und kurz hielt.

»Natürlich, jederzeit.«

Wendy zögerte noch kurz, wurde dann aber von Jim aus ihren Gedanken gerissen.

»Wollen wir ans Meer fahren? Uns den Wind um die Nase wehen lassen?«

»Eine gute Idee. Das würde ich gerne tun. Und dann …«

Sie sah auf die Dose und dann zu Mags und Sam.

»Passen Sie gut drauf auf, ja?«

Als der Wagen, diesmal mit Jim hinter dem Steuer und Wendy auf dem Beifahrersitz, den Zufahrtsweg zum Cottage verlassen hatte, standen Mags und Sam aneinander geschmiegt vor ihrem Haus.

»Ich wünschte, ich hätte die Dose nicht gefunden.«

Sam runzelte die Stirn.

»Das verstehe ich. Aber vielleicht ist sie auch genau das, was Wendy braucht, um sich ein allerletztes Mal von ihrem Bruder zu verabschieden. Wer weiß.«

Mags seufzte und löste sich widerwillig aus Sam Umarmung.

»Ich sollte von den Blumen retten, was zu retten ist.«

Sie wusste, dass die Arbeit im Garten ihr gut tun würde, und sie war dankbar dafür, dass Sam das auch wusste.

»Vergiss deinen Hut nicht.«

Sam hatte sich zur Bank gebückt und hielt Mags einen ausgefransten Strohhut entgegen. Mags nahm ihn in die Hand und drehte ihn verwirrt um.

»Das ist nicht meiner. So einen Hut habe ich gar nicht. Aber wem …«

Dann fiel es ihr wieder ein. Sie dachte wieder an Stuart Lewis' Augen, die sie durch die Scheibe ihres Transporters verwirrt anblickten.

10

Auf dem Beifahrersitz ihres Transporters lag der Strohhut neben einem Korb mit ersten Erdbeeren und den Scones, die noch vom Morgen übrig geblieben waren. Mags hatte den Garten so weit wie möglich in Ordnung gebracht und dann schweren Herzens einem ihrer Mitarbeiter den Auftrag geben, am nächsten Morgen die Weide zu zersägen.

Sie war sich nicht sicher, ob sie an der Stelle einen neuen Baum pflanzen wollte oder ob die entstandene Lücke bleiben sollte.

Sam hatte sich nach dem Mittagessen in sein Arbeitszimmer zurückgezogen, und nach wenigen Sekunden hatte sie das Klappern seiner Tastatur hören können. Manchmal beneidete sie ihn um die Möglichkeit, die Dinge, die er erlebte, umzuformen und für seine Geschichten zu nutzen. Sie selbst war ruhelos in der Küche auf und ab getigert und hatte dann beschlossen, Stuart seinen Hut und die Scones zu bringen. Die Fahrt nach St. Martin entlang dem Helford River dauerte etwa eine halbe Stunde und würde ihr den Kopf vielleicht frei pusten.

Auf der Mitte der Strecke hielt sie an einem kleinen durch eine Schranke abgesperrten Weg an und stieg aus. Hier hatte sie vor zwei Jahren gestanden und auf den Fluss geblickt. Auch damals waren die Schwalben über ihren Kopf hinweggeflogen und hatten sie mit ihren wilden Manövern an die Freiheiten erinnert, die sie selbst so lange nicht gehabt hatte.

Sie ging den Weg entlang und dachte an alles, was sich in der Zwischenzeit verändert hatte. Sie war glücklich, hatte Sam gefunden, oder er sie. Sie hatte ein eigenes Cottage und ein Unternehmen, das sie liebte, das sie forderte und das sie die nächsten Jahre vor jeder Art von Langeweile schützen würde. Und sie hatte die alten Schulden gegen neue ausgetauscht – aber diesmal waren es ihre und Sams –, und es gab etwas, wofür es sich so hart zu arbeiten lohnte.

Der Geruch der blühenden Weißdornhecke, die salzige Luft und der Blick auf das Meer und die auf dem Helford River treibenden weißen Segel der Yachten machten ihr deutlich, wie richtig ihre Entscheidung gewesen war, hierherzukommen und sich in ihrer Heimat etwas Neues aufzubauen. Sie dachte nur noch selten an ihren verstorbenen Mann und das Leben, das sie in Amerika mit ihm geführt hatte. Sie wusste, sie konnte ihm noch nicht verzeihen, nicht so, wie es immer in Filmen oder Büchern gezeigt wurde. Aber wenn sie sich an ihn erinnerte, dann sah sie nicht mehr sein vom Alkohol und wahrscheinlich auch von Drogen schlaffes Gesicht der letzten Monate vor sich, sondern immer öfter das fröhliche Gesicht des frechen und attraktiven Jungen, der er einmal gewesen war. Sie wusste, dass seine Eltern, die im Norden Cornwalls einen großen Landsitz hatten, sich so an ihn erinnerten. Bei ihrem letzten Besuch dort, der auch schon wieder zu lange her war, hatte seine Mutter viele Geschichten von ihrem Sohn aus Jugend- und Kinderzeiten zu erzählen. Vielleicht machte es das für alle einfacher. Mags atmete tief ein, warf einen letzten Blick auf die Seeschwalben, die ihre Kreise über den Wiesen zogen, und ging zurück zu ihrem Wagen.

In St. Martin musste sie sich kurz orientieren. Von Miss Clara wusste sie, dass Stuart in einem der alten Cottages wohnte, die am Rande des Dorfes mit einem atemberaubenden Blick auf den Helford River lagen. Einige der Grundstücke hatten sogar einen eigenen Zugang zum Wasser, meist abenteuerlich in die Uferböschung gebaute Treppen, die an einem Bootssteg endeten.

Viele der Häuser waren mittlerweile verkauft – und Mags konnte es den Bewohnern nicht verübeln. Ein Grundstück in dieser Lage mit Steg war ein Vermögen wert. Und die alten Cottages waren zwar romantisch, aber mit ihren niedrigen Decken, den winzigen Zimmern und verwinkelten Fluren doch nicht gerade praktisch. Doch Stuart hatte das Haus, in dem er groß geworden war, behalten.

Schon als sie ihren Transporter vor das kleine Gartentor stellte, sah sie, dass im Haus ein Gärtner wohnte. Das Tor war sorgfältig in frischem Weiß gestrichen, die Beete links und rechts des schmalen Weges waren mit Stauden bepflanzt. An der Hauswand rankten Rosen neben sorgfältig gepflegten Spalierbäumen die helle Wand entlang. Der Sturm der letzten Nacht hatte wie so oft vor allem die Dörfer direkt an der Küste getroffen. Schon die wenigen Kilometer die Mündung des Rivers hinauf hatten seine Kraft abgeschwächt. Einige Rosen waren unter dem Gewicht des Regens nach unten gesunken, einige Blumen umgeknickt, aber im Vergleich zu ihrem Garten war alles in tadelloser Ordnung.

Mags ging zur Haustür und klopfte fest gegen das blau gestrichene Holz. Nichts rührte sich, aber das war hier auf den Dörfern nichts Ungewöhnliches. Sie wusste, dass in vielen Häusern die vorderen Türen so gut wie nie benutzt wurden, Besuch ging um das Haus zu den oft offen stehenden Küchentüren. Sie würde wetten, dass es bei Stuart auch so war. Wahrscheinlich war er im Garten und saß in der Sonne. Sie wandte sich nach rechts und folgte dem Weg bis hinter das Haus. Überall sah sie, wie ordentlich der Garten war und mit wie viel Sorgfalt sich jemand um alles kümmerte. Die Regentonne war abgedeckt und der Deckel sorgfältig mit zwei schönen weißen Steinen vom Strand beschwert. Die Regenrinnen glänzten in der Sonne. Am Rand des Grundstücks wuchsen Johannisbeer-, Himbeer- und Stachelbeersträucher in sorgfältig zugeschnittenen Kugeln nebeneinander – und Mags wusste, dass, sobald die ersten Früchte reif waren, der Gärtner dünne grüne Netze über die Büsche legen würde, um seine Ernte zu schützen.

Die Obstbäume waren alt, aber die Stämme weiß gekalkt und die Äste zurückgeschnitten und fachgerecht gekürzt. An der anderen Seite des Gartens ragten in mehreren nebeneinander angeordneten Beeten die ersten Gemüsesorten aus der braunen Erde. Es gab mehrere Frühbeete, die etwas erhöht und mit alten Fensterrahmen bedeckt Schutz vor Kälte und Regen boten. Zwei der alten Fenster waren mithilfe von Stöcken aufgestellt. Hier schien noch vor Kurzem jemand gearbeitet zu haben. Eine Schubkarre stand auf dem Weg neben dem Frühbeet. Daneben lag eine Harke, ihre Zacken ragten nach oben, und die Erde an ihnen war schon völlig getrocknet.

Automatisch ging Mags zur Schubkarre und bückte sich, um die Harke aufzustellen. Denn jeder Gärtner wusste aus eigener schmerzlicher Erfahrung, dass so herumliegende Harken wirklich wie bei *Tom und Jerry* nach oben schnellten, wenn man aus Versehen auf sie trat. In der Schubkarre schwammen kleine Pflanzen in einer großen Wasserpfütze, und Mags griff vorsichtig nach einer von ihnen. Der Regen der letzten Nacht hatte die Schubkarre in einen kleinen Teich verwandelt und die Pflänzchen ertränkt.

Stuart musste in den Frühbeeten Zucchini und Kürbispflanzen vorgezogen haben. Die Setzlinge waren, bevor sie nun viel zu lange im Wasser gelegen hatten, stark und bereit zum Aussetzen gewesen.

Mags sah sich um und konnte in einem der weiter entfernten Beete eine frisch umgegrabene Stelle sehen. Dort hätten die Pflanzen offenbar wachsen sollen, bis ihre Blätter die Beeteinfassung überwuchert und dicke gelbe und grüne Früchte aufgeleuchtet hätten.

Stuart musste mitten in der Arbeit aufgehört haben.

Nur wo war er? War er erneut losgegangen? Sie ging zu der kleinen Küchentür und öffnete sie vorsichtig. In der Küche war es dunkel, auf dem Tisch am Fenster stand eine abgedeckte Schüssel, die dem Geruch nach irgendeine Art von Hühnersuppe enthalten musste. Die Zeitung von gestern lag unter einer dicken Lupe daneben, noch nicht aufgeschlagen.

Mags zögerte, trat dann aber ein.

»Stuart! Hier ist Mags Blake, Sie waren vorgestern bei mir, erinnern Sie sich? Ich wollte Ihnen Ihren Hut wiederbringen.«

Sie lauschte, konnte aber nichts hören. Sie zögerte, weiter ins Haus zu gehen, aber die Vorstellung, dass Stuart vielleicht irgendwo gestürzt wäre, ließ sie ihre Zweifel überwinden. Schnell betrat sie das Haus und öffnete die Tür zu einem Schlafzimmer mit einem Doppelbett, auf dem nur eine Seite bezogen war. Das Bett war ordentlich gemacht. Daneben lag ein kleines Bad, in dem es nach Rasierwasser und einem Zitronenreiniger roch. Entweder putzte Stuart selbst, oder er hatte Hilfe. Im Wohnzimmer stand ein hohes Sofa vor einem kleinen Fernseher.

Irgendwie ahnte Mags, dass der Raum viele Jahre lang nicht wirklich genutzt worden war. Im Obergeschoss fand sie dann noch ein weiteres Zimmer, in dem eine alte Nähmaschine auf einem Tisch stand. Hier lag ein anderer Duft in der Luft, sehr schwach. Es musste das Zimmer von Stuarts verstorbener Frau sein. Das zweite Zimmer war ein Jugendzimmer mit Postern an den Wänden und Modellautos in den Regalen. Auch im Obergeschoss gab es ein kleines Bad, das nicht benutzt aussah. Keine Spur von Stuart.

Mags ging zurück in den Garten und zog ihr Telefon aus der Tasche. Sie hatte die Nummer von Stuarts Sohn nicht, aber wusste, wer ihr weiterhelfen könnte.

»Miss Clara? Ich bin hier gerade im Garten von Stuart Lewis in St. Martin. Er hatte seinen Hut bei uns vergessen – aber ich kann ihn nicht finden. Könnten Sie seinen Sohn einmal fragen, ob er etwas weiß? Vielleicht ist Stuart ja auch bei ihm.«

Erleichtert legte sie auf. Miss Clara würde sich um alles kümmern und sich dann melden. Sie ging zur Schubkarre zurück und hob vorsichtig einen der Setzlinge nach dem anderen aus dem Wasser. Sie konnte nicht sagen, ob die Pflanzen das unfreiwillige Bad überstanden hatten, aber es war einen Versuch wert. Da sie nicht wusste, ob Stuart wirklich die Ecke im Beet für sie vorgesehen hatte, setzte sie sie nach kurzem Überlegen einfach zurück ins Frühbeet. Danach wischte sie sich ihre Hände an der Hose ab und blickte über den Garten. Er war wirklich schön. Gärten verrieten ihrer Meinung nach viel über die Menschen, die sie angelegt hatten. Miss Claras Garten zum Beispiel: ein Rosengarten, der sich entlang von Wegen und Rundbögen in all seiner Pracht entfaltete. Aber hinter all der Romantik, den rankenden Rosen, den vollen Hecken und den von Lavendel eingefassten Beeten war Ordnung und Disziplin erkennbar. Rosengärtner mussten geduldig und zugleich immens enthusiastisch sein, eine seltene Mischung, die in Mags' Augen typisch für Miss Clara war. Es war wohl ein Wink des Schicksals, dass gerade Inspector Eric Johnson, der als Ermittler vor zwei Jahren in ihrer aller Leben getreten war, ebenfalls einen Garten voller Rosen hatte und die beiden sich so kennen- und augenscheinlich lieben gelernt hatten.

Ganz anders hingegen der Garten von Gulliver, der als angesagter Londoner Architekt in den achtziger und neunziger Jahren für seine teilweise fast abstrakt anmutenden Gärten bekannt und gefeiert gewesen war. Er hatte sich in dem großen Pfarrhausgarten hinter seinen hohen Steinmauern ein so durch und durch britisches Stück Landgarten geschaffen, dass jeder der wenigen Besucher sich innerhalb von Sekunden in einen Roman von Agatha Christie zurückversetzt fühlte. Der Garten wirkte wie gemalt – und Mags wusste, dass stundenlange körperliche Arbeit hinter einer solchen scheinbar mühelosen Perfektion steckte.

Der Garten von Stuart Lewis war einfacher gestaltet, weniger auf ein Gesamtbild hin angelegt als auf die tägliche Freude an ihm. Blühende Pflanzen überwogen, und neben den Beeten standen an jeder freien Stelle Kübel und Pflanzschalen, aus denen sich ebenfalls Blüten erhoben. Es war bunt, auf eine fröhliche, unbekümmerte Art und Weise, die ihr deutlich machte, dass hier niemand stundenlang mit einem Skizzenblock vor dem Garten gestanden hatte, um sich über Farbschattierungen und Pflanzpläne den Kopf zu zerbrechen. Ob sich Stuarts Frau früher mit ihm gemeinsam um den Garten gekümmert hatte?

Mags lächelte bei dem Gedanken daran, ob sie Sam wohl zur Gartenarbeit bringen könnte. Das neue Haus hatte einen wunderbaren, wenn auch an vielen Stellen verwilderten und verbesserungswürdigen Garten. Sie würde ihn neu anlegen müssen, schließlich würde ihr eigener Garten auch als Aushängeschild ihrer Firma dienen. Ob Sam wohl einen gut versteckten grünen Daumen besaß? Sie würde ihm erst einmal als Handlanger für die groben Arbeiten anheuern und ihn dann Schritt für Schritt weiter einweihen. Wahrscheinlich würde er damit beginnen, sich einen Haufen Bücher über das Gärtnern zu besorgen. Sie lachte auf bei der Vorstellung.

Mags besaß einige sehr ausgesuchte und schöne Bildbände über die wunderbaren Gärten der Welt, die sie unbedingt noch besuchen wollte – aber außer den Aufzeichnungen ihres Vaters über seine Gärten und ein altes, schon reichlich zerfleddertes Pflanzenlexikon hatte sie keine Bücher zum Thema gelesen. Gärtnern lernte man, indem man genau hinschaute und die Pflanzen, die Erde, das Wetter und das Licht um sich herum beobachtete.

Als Mags weiter durch den Garten ging, bemerkte sie das kleine, versteckte Tor am hinteren Zaun. Als sie es öffnete, sah sie eine schmale Treppe, die hinunter ans Wasser führte. Die Treppe schien alt, aber an einigen Stellen schimmerte helles Holz. Jemand, Stuart wahrscheinlich, hatte morsche Stellen sorgfältig ersetzt. Mags trat vorsichtig auf die Treppe, die ihr Gewicht hielt, und ging hinunter zum Wasser.

Die Treppe führte zu einem Steg, der in den Helford River ragte. Der Sturm hatte das Wasser weit in den Fluss getrieben, und kleine Wellen schlugen fast an den Rand der Holzbretter. Am Ende des Steges war ein kleines Boot mit Außenbordmotor angezurrt. Viele der Fischer aus der Region nutzten solche Boote, um auf dem River zu fischen. Mags sah sie Spitzen einiger Angelruten über die Bordwand ragen sowie eine alte Reuse, die zusammengeschoben im Boot lag.

Neugierig trat sie näher, um dann mit einem Schrei zurück zu stolpern. Fast wäre sie dabei ins Wasser gefallen. Mit zitternden Knien trat sie vorsichtig wieder an das Boot heran. An der Seite war in schmalen schwarzen Buchstaben der Name des Bootes geschrieben. *Anne*. Der Name von Stuarts Frau.

Mags zwang sich, noch näher heranzugehen und ins Boot zu blicken. Sie hatte sich nicht getäuscht.

Schluchzend richtete sie sich auf, kletterte hastig die Leiter hinauf und wühlte in ihrer Tasche nach ihrem Telefon.

»Miss Clara? Ich … Ich habe Stuart gefunden.«

Die Schwalbe flog in einem weiten Bogen über das Wasser des Helford River und wollte sich dann vom Wind das Ufer hinauf bis fast an ihr Nest an dem kleinen Cottage tragen lassen. Aber kurz bevor sie sich von der leichten Brise einfangen ließ, hörte sie auf dem

Holzsteg ein Geräusch. Neugierig flog sie einen weiteren Bogen und setzte sich auf den Rand des Bootes.

Der Mensch, der sonst so sanft bei seiner Arbeit im Garten gesummt hatte, lag schon seit gestern dort. Sie hatte ihn mehrmals besucht, zuerst in der Hoffnung, dass er sich wieder bewegen würde. Zwar war sein Kopf verletzt, sie konnte das Blut reichen, aber bei so großen Lebewesen wusste man nie. Und dann, als die Zeichen seines Todes deutlicher wurden, als klar war, dass er nicht wieder aufstehen würde, war sie erneut gekommen, um Abschied zu nehmen. Aber jetzt saß dort ein weiterer Mensch und würde für ihn sorgen. Alles Tote sollte der Erde gegeben werden – sonst würde es nicht vergehen.

Der andere Mensch bewegte sich nicht, nur leise drangen Geräusche aus seinem Mund, und dann strich er sich mit den Händen über die Augen, hob den Blick und sah sie an.

Die Schwalbe erschrak. Menschen sahen sie selten an, nicht so. Sie zögerte kurz. Doch als keine Gefahr drohte, flog sie auf, pfiff einen letzten Gruß und drehte dann mit einem entschlossenen Flügelschlag ab.

11

»Wir haben da etwas sehr Gutes zusammen geschaffen.«

Mags stand neben Gulliver, dessen Verwandlung in sein Alter Ego C. C. Gull noch nicht völlig abgeschlossen war. Sie wusste, sobald die anderen Besucher und vor allem die Presse anwesend wären, würde ihr Freund sich hinter den grellen Farben seines Anzuges und den extrovertierten Gesten seines alten Ichs verstecken und erst nach Stunden, auf der Rückfahrt nach Rosehaven, Stück für Stück wieder zum Vorschein kommen. Aber noch klang seine Stimme ruhig und leise, beschrieben seine Hände mit einer langsamen Bewegung einen Bogen über die Landschaft, die vor ihnen lag.

Sie standen auf dem Parkplatz, der oberhalb des Minengeländes neben der Straße lag und nun mit einem breiten Geländer und mehreren Infotafeln zum Projekt versehen war. Es war der perfekte Ort, um auf das neu geschaffene *Drabstock Valley* zu blicken.

»So viel Arbeit! Aber ich finde, das erste Projekt von *Blake and Gull* kann sich sehen lassen.«

Mags lächelte und trat einen Schritt dichter an das Geländer heran.

Unter ihr lag das Minengelände, mittlerweile durchzogen von einem weiten Netz aus Wegen und Stegen.

Sie hatten einen Teil des Gebietes fluten lassen und zu dem Feuchtgebiet umgewandelt, das es vor seiner Zerstörung durch den Bergbau wohl auch gewesen war. Noch waren nicht alle Pflanzen gewachsen, noch hatten sich nicht alle Tiere, auf die sie gehofft hatten, eingefunden. Aber es war nur eine Frage der Zeit, bis immer mehr Libellen und Reptilien, Vögel und auch kleinere Säugetiere eine neue Heimat fänden. Über und durch das Gelände führten viele erhöhte Stege, so dass die Besucher zwar alles sehen, aber nicht alles stören und zerstören konnten. Es gab einen Bereich, in dem sie das felsige Gelände so belassen hatten, wie es zu Minenzeiten gewesen war, und wo die Besucher anhand von Zeitrafferaufnahmen nachvollziehen konnten, wie sich die Natur das Land und die verfallenen Schuppen zurückerobert hatte. Noch ein weiterer Bereich war Projekten zum Thema Urban Gardening vorbehalten. Hier konnten die Schulen und Vereine der Umgebung versuchen, mit den vorhandenen Mitteln neue Wege des Gemüse- und Kräuteranbaus zu finden. Besonders freute sich Mags darüber, dass die noch vor Kurzem zum illegalen Anbau von Hanf genutzten Stolleneingänge jetzt dafür verwendet wurden, Pilze zu züchten. Ein weiterer Stollen war mithilfe eines jungen Unternehmens mit einfachen Wasserbecken versehen worden, in denen die unterschiedlichsten Algen gezüchtet und ihre Möglichkeiten für den Menschen wissenschaftlich untersucht wurden.

Die alten Verwaltungsgebäude, die nicht dem Feuer zum Opfer gefallen waren, wurden als Museum genutzt und zeigten die Geschichte der Mine und des Bergbaus in Cornwall.

Mags war stolz.

»Es ist gut geworden. Wirklich gut. Obwohl ich die Schafe …«

Neben sich hörte sie Gulliver entrüstet schnauben.

»Schafe standen und stehen nicht zur Debatte! Die Hühner und Kanarienvögel sind eine Sache – gut für die Kinder. Aber Schafe büxen aus, Gott allein weiß, wie sie es noch durch die allerkleinste Lücke schaffen, und fressen dann alles, was ihnen unter die Schnauze kommt. Schafe und Gärten sollten immer einen ausreichenden Sicherheitsabstand zueinander haben.«

Mags grinste nun. Sie hätte gerne Schafe auf dem Gelände gehabt, die unter der weitläufigen Solaranlage am Südhang des Geländes das Gras kurzhalten würden. Aber weder Gulliver noch die Vorarbeiterin, die die Arbeiten beaufsichtigt hatte, waren für ihren Plan zu begeistern gewesen.

»Ist es nicht fabelhaft, dass Susanna hierbleiben und die Leitung von Drabstock Valley dauerhaft übernehmen will? Ich kann es noch gar nicht glauben.«

Susanna war die Vorarbeiterin, die im letzten Jahr von Mags und Gulliver eingestellt worden war, um die Arbeiten zu überwachen und zu koordinieren. Mags war durch die Ereignisse rund um das Museum und ihre Verletzungen nicht in der Lage gewesen, jeden Tag zur Mine zu fahren, und Gulliver hatte auf eine Einstellung gedrängt.

»Ich denke, daran ist ein gewisser Liam Hepington nicht gerade unschuldig.«

Liam Hepington war der Erbe der alten Mine, die er aber mittlerweile völlig der Gemeinde überschrieben hatte. Er war Geologe und hatte eine kleine Tochter. Mags und Gulliver hatten die beiden beim Wettbewerb kennengelernt.

»Du meinst, Susanna und Liam sind …«

»Ich denke, dass die Mine und das Projekt auf die eine oder andere Weise auch weiterhin mit der Familie Hepington verbunden sein werden.«

Mags freute sich für Liam – und für die Mine. Und Susanna war auf jeden Fall energisch genug, um mit Liam und seiner Tochter klarzukommen.

»Ein neuer Anfang.«

»Sie werden gleich alle dort unten sein und mit uns feiern.«

»Ja.«

Mags hörte selbst, wie dünn ihre Stimme klang, und spürte, wie sie von Gulliver fragend angeschaut wurde. Sie wandte den Blick vom Gelände ab und drehte sich zu ihm um.

»Stuart Lewis. Er ist vorgestern gestorben.«

»Ah. Ja, ich habe es in der Zeitung gelesen. Er ist in seinem Boot gestorben.«

»Ich habe ihn gefunden.«

»Oh, verdammt. Das tut mir so leid.«

Gulliver griff nach ihren Händen.

»Du kanntest ihn?«

»Nicht wirklich. Aber noch vor wenigen Tagen war

er bei uns am Cottage, eine lange Geschichte. Und dann stürzt er in sein Boot und stirbt. Ich wollte ihm seinen Hut zurückbringen, und er lag da und …«

Ihre Stimme brach. Sie hatte in den letzten Nächten immer wieder Stuart in seinem Boot vor sich gesehen, sobald sie die Augen schloss.

»Liebes, das tut mir so leid!«

Gulliver war einige Tage nicht in Rosehaven gewesen. Mags erzählte ihm leise, was geschehen war. Sie dachte an Stuarts Gesicht unter dem Strohhut und an die Falten um seine Augen. Als er neben Jim auf der Bank eingeschlafen war, hatte er auf sie wie ein Kind gewirkt. Müde vom Sommer. Sie beendete ihre Geschichte und hörte, wie Gulliver neben ihr seufzte.

»Es kann so schnell gehen, oder?«

Er nickte nur. Sie sah für einen kurzen Moment eine Trauer in seinen Augen, die sie überraschte. Sie wusste viel zu wenig über ihn.

»Mags?«

»Ja?«

»Du hast ›es scheint‹ gesagt, gerade eben, als du von Mr Lewis' Tod gesprochen hast.«

Besorgnis schwang in Gullivers Stimme mit.

»Habe ich?«

Mags drehte sich wieder zur Mine um und ließ ihren Blick über die neuen Bauten und die Wege schweifen. Sie hatten wirklich etwas Wunderbares geschaffen.

»Es ist eigentlich nichts. Aber würdest du eine Schubkarre mit Setzlingen, alle fein säuberlich hochgezogen, die du gerade aus deinem Frühbeet geholt hättest, einfach so in einer Schubkarre liegen lassen?«

»Was?«

Gulliver sah sie verwirrt an.

»Worüber sprichst du?«

»Wenn du in deinem Garten gerade dabei bist, die Pflanzen, die du über Wochen in deinem Gewächshaus aus den Samen hochgezogen, die du gepflegt und behütet hast, würdest du dann dein Werkzeug und vor allem die Setzlinge so einfach stehen lassen? Ungeschützt auf der Schubkarre? Und das, wenn gerade Sturm aufzieht?«

Gulliver sah sie nachdenklich an. Er war im Grunde seines Herzens immer noch Gärtner und verstand, was sie meinte.

»Das würde ich nicht. Das wäre fürchterlich.«

»Und wenn du ganz eilig losmüsstest? Warum auch immer?«

»Nein. Auch dann würde ich zumindest die Pflanzen schützen, sie zurück ins Gewächshaus stellen oder so. Sogar dann, wenn kein Sturm angekündigt wäre. Sie sind wie Babys, oder?«

Mags nickte.

»Das habe ich mir gedacht. Ich würde ähnlich handeln. Ich glaube, jeder Gärtner würde das.«

Sie dachte daran, wie sie als Kind zusammen mit ihrem Vater die ersten eigenen Pflanzen aufgezogen hatte, an die Faszination und die Ehrfurcht, die sie ergriffen hatte, als die ersten grünen Blätter aus der Erde ans Licht gekommen waren. Alles aus einem schrumpeligen Samen, Erde und Wasser. Sie war sich nicht sicher, ob alle Kinder das ebenso empfunden hätten. Sie wusste, dass viele Erwachsene das Gefühl nicht kannten oder es verlernt hatten. Aber sie war sich sehr sicher, dass jeder Gartenmensch, der ihren Weg gekreuzt hatte, ihr begeistert zustimmen würde. Selbst gezogene Pflanzen, insbesondere Pflanzenbabys, ließ man nicht im Sturm stehen.

Gulliver sah sie nachdenklich an.

»Ich verstehe. Aber vielleicht hat Mr Lewis sie einfach vergessen? Er war krank.«

»Ja, vielleicht.«

Aber noch während Mags das sagte, dachte sie an die sorgfältig gezogenen Wege, die frisch gekalkten Obstbäume und die fein säuberlich bepflanzten Beete. Was immer Stuart Lewis auch alles vergessen hatte, sein Garten war immer noch der eines sorgfältigen und gründlichen Gärtners gewesen. Bis auf die zurückgelassenen Setzlinge in der Schubkarre. Irgendetwas stimmte einfach nicht. Sie schloss kurz die Augen und sah dann Gulliver wieder an.

»Wir sollten los.«

Es brachte nichts, sich Gedanken zu machen, sie sollte sich auf die Eröffnung konzentrieren.

Gulliver nickte und zog sich seine seidene Weste zurecht, auf der Mags schon auf der Hinfahrt zu ihrem Entzücken kleine Dinosaurier zwischen großen, grünen Dschungelpflanzen und wilden Blüten in Orange und Gelb entdeckt hatte.

Mit einem breiten Grinsen im Gesicht strich sich

Gulliver die Haare zurück und ließ die breite Sonnenbrille auf seine Nase sinken.

»So, meine Liebe: *Belly in, tits out! Let's go!*«

Mags sah ihren Freund entsetzt an, dann lachte sie prustend los.

»Du bist unmöglich, wenn du diese Brille aufhast.«

Gulliver, oder besser C. C. Gull, sah sie über den Rand der Brille noch einmal kurz an und zwinkerte ihr zu.

»Siehst du, jetzt leuchten deine Augen so, wie es sich für diesen Moment gehört. Lass uns eine Runde Bewunderung einsammeln. Denn wir haben bei Gott verdammt gute Arbeit gemacht!«

12

»Auf Mags und Gulliver!«

Mags hob zusammen mit den anderen ihr Glas und spürte, wie sich ein breites Grinsen über ihr Gesicht legte. Die offizielle Eröffnung war vorbei, und sie war wieder zu Hause bei Sam in ihrem neuen, wunderbaren Cottage. Sam hatte in einem der leeren Zimmer eine der Zimmertüren ausgehängt und auf zwei Tischblöcke gestellt, und rings um den so entstandenen Tisch saßen nun ihre Freunde und prosteten ihr zu.

Als sie und Gulliver das Gelände in Drabstock betreten hatten, war Mags gerührt gewesen, ihre Freunde unter den Besuchern zu sehen. Jim war mit Wendy Adams gekommen. Wendy musste all ihren Einfluss genutzt haben, denn Jim trug statt des üblichen T-Shirts sogar ein Hemd, wenn auch eines, das mit seinem fröhlichen Muster aus tropischen Blumen und surfenden Koalabären mit Gullivers Weste locker mithalten konnte. Neben Jim standen Sam und Eric Johnson. Sogar Mags' Freundin und Eric Johnsons rechte Hand Mary Shifter hatte es sich nicht nehmen lassen, zur Eröffnungsfeier zu kommen. Die junge Polizistin hatte in den letzten Monaten wenig Zeit gehabt, da sie in London an einer Weiterbildung teilnahm. Mags wusste, dass sie den Ehrgeiz hatte, die jüngste Chief Inspector zu werden, die die Polizei in

Cornwall je hatte – und so wie es aussah, war sie auf dem besten Weg dahin. Auch Tim Robinson, der Pilot, der seit dem letzten Jahr den kleinen Flugplatz unweit von Rosehaven übernommen hatte, war gekommen und stand neben Mary. Sie schienen sich viel zu erzählen zu haben. Mags hoffte insgeheim, dass die beiden nach ihrem etwas holprigen Start im letzten Sommer vielleicht doch zueinander finden würden.

Nur Miss Clara hatte in Drabstock gefehlt, war aber zu Mags' großer Erleichterung zur Feier ins Cottage gekommen.

Und so saßen sie und Gulliver nun mit ihren Freunden beieinander und stießen auf ihren Erfolg an. Ihr neues Zuhause war mit Lachen und Freude gefüllt, und Mags hatte das Gefühl, dass das Cottage froh war über das neue Leben, das mit ihnen eingezogen war.

Die Fenster des Zimmers waren weit geöffnet, und in den blühenden Stockrosen, die sich neugierig in den Raum hereinbogen, summten Hummeln auf ihrem letzten Abendflug. Gulliver hatte aus dem Kofferraum seines Wagens eine Kiste mit Champagner hervorgezaubert und nur ein ganz klein wenig gezuckt, als Sam und Eric die perlende Flüssigkeit großzügig und ohne zu zögern in das bunte Sammelsurium aus alten Teetassen, Bechern und Wassergläsern verteilten.

Sam, Eric und Tim saßen zusammen und diskutierten lebhaft über die Pläne für das neue Besucherzentrum in Leon House. Mags dachte an das verfallene Herrenhaus unweit von Rosehaven mit seinem großen Grundstück an den Klippen. Sie hatte gemischte

Gefühle dem Ort und seiner Geschichte gegenüber. Zum einen fand sie die Idee eines Infozentrums zur mittelalterlichen Geschichte Cornwalls auf dem Anwesen gut. Sie selbst hatte dort zusammen mit Sam und Mary im letzten Jahr eine kreisförmige Anpflanzung von sehr, sehr alten Eiben gefunden – und den Weg zu weiteren Grabungen eröffnet. Es würde, mit den subtilen Hinweisen auf König Artus und Camelot, viele Touristen anziehen und Geld nach Rosehaven bringen. Gleichzeitig aber hatten damals eben jene Geschichten und der hohe Wert von Leon House als Bauland indirekt dafür gesorgt, dass eine Frau ermordet worden war. Mags glaubte nicht wirklich an so etwas wie schlechtes Karma, aber trotzdem würde sie den Ort am liebsten einfach den Eiben und dem alles überwuchernden Efeu überlassen.

Sam hatte andere Bedenken wegen der Pläne für Leon House – er pflegte einen langen Streit mit dem zukünftigen Kurator der Einrichtung über die Vermischung von Fakten und Fiktion. Mags schmunzelte, immerhin war ihr Mann doch derjenige, der wilde Geschichten über Zeitreisen erfand. Aber wenn es um Wissenschaft ging, konnte er sehr empfindlich werden.

Eric und Tim hatten es nach einigen Versuchen geschafft, das Thema zu wechseln, und Mags ließ ihren Blick weiter durch den Raum und über ihre Freunde schweifen.

Auch Miss Clara war wie immer nicht ohne Mitbringsel gekommen und hatte zwei große Pie-Formen in die Mitte des Tisches gestellt. Es duftete nach warmem buttrigem Teig und Käse.

»Ich habe Sie heute vermisst.«

Mags sank neben Miss Clara auf das grüne Sofa, eine angeschlagene Tasse Champagner in der Hand. Die seufzte auf und blickte aus dem Fenster in die langsam einsetzende Dämmerung.

»Ich hatte einen Termin.«

»Oh. Natürlich. Ich wollte nicht …«

Mags wusste nicht genau, was sie sagen sollte.

»Sie haben mir gefehlt.«

Miss Clara sah sie an. Mags konnte dunkle Ringe unter den Augen ihrer ehemaligen Vermieterin erkennen, die auch das sorgfältig aufgetragene Make-up nicht zu überdecken vermochte.

»Es war sicherlich eine schöne Feier.«

Irgendetwas stimmte nicht. Es gab keine Nachfragen, wer sonst noch da gewesen wäre, keine Erklärung, was sie abgehalten hatte zu kommen.

»Ja, das war es. Ich habe wahrscheinlich mehrere neue Aufträge. Das ist wirklich gut, keine Frage, aber der ganze Bürokram … Und wenn ich jetzt noch eine weitere Person einstelle, kommen noch die Verwaltung, die Abrechnungen und das alles dazu.«

Mags hoffte, dass Miss Clara, die ja immerhin über Jahre genau das beruflich gemacht hatte, auf ihre Hinweise eingehen würde. Aber sie nickte nur abwesend und hatte ihren Blick wieder zum offenen Fenster wandern lassen.

»Ich schaffe das einfach nicht mehr allein.«

Keine Reaktion.

»Es wäre traumhaft, jemanden zu finden, der im neuen Büro das Zepter übernehmen würde. Jemand, dem ich vertrauen kann.«

Und endlich drehte sich Miss Clara wieder zu ihr um.

»Und an wen hattest du da gedacht?«

»Na, an Sie natürlich! Wissen Sie, Sie könnten sich ihre Zeiten frei einteilen, ich meine, es wäre ja keine Vollzeitstelle. Sie würden hier im Büro arbeiten können, wenn es fertig gebaut ist, oder auch zu Hause. Ich richte alles so ein, wie Sie es wollen, und es wäre einfach phantastisch, wenn Sie diejenige wären, die die Papiere macht und die Firma auf Kurs hält, und ich selbst könnte dann …«

Sie merkte, dass sie immer schneller gesprochen hatte, da sie in Miss Claras Gesicht nicht ablesen konnte, was sie über ihren Vorschlag dachte.

»Miss Clara?«

»Ach, Mags. Das wird nicht gehen.«

»Aber …«

Bevor Mags reagieren konnte, klopfte es laut an der Haustür.

Sam stand auf.

»Erwarten wir noch jemanden?«

Sam zuckte mit den Schultern und ging aus dem Raum. Wenige Minuten später kam er mit einer Frau zurück, die Mags noch nie zuvor gesehen hatte.

Sams Gesicht trug einen schwer zu lesenden Ausdruck. Doch bevor er die Besucherin vorstellen konnte, zog Eric Johnson scharf die Luft ein und sprang auf.

»Phyllis?«

»Ah, Eric! So sieht man sich wieder.«

Die Frau schien den fast entsetzten Ausdruck in der Stimme des Chief Inspectors nicht zu hören oder nicht hören zu wollen und sah sich mit einem schmalen Lächeln im Raum um.

Sie hatte ihre langen, fast schwarzen Haare zu einem straffen Zopf nach hinten geflochten. Ihr Gesicht war braun gebrannt und kaum geschminkt, nur die Lippen hatte sie rot nachgezogen. Sie trug eine dunkle Jeans und trotz des warmen Wetters eine schwere Lederjacke. Mags wusste nicht, warum, aber irgendetwas an ihrer Haltung flößte ihr Angst ein.

Die Frau hatte ihre Musterung der Anwesenden abgeschlossen und zog dann mit einem Nicken in Erics Richtung einen Ausweis aus ihrer Tasche.

»Guten Abend. Ich bin Chief Inspector Phyllis Armstrong. Ich habe einige Fragen an Miss Adams.«

13

»Ich bin Wendy Adams.«

Wendy, die zusammen mit Jim am hinteren Ende des Tisches saß, sah verwirrt zu der Polizistin auf.

»Ist etwas passiert. Geht es um meine Tochter?«

»Nein.«

Die Inspectorin machte keine Anstalten, näher zu kommen, sondern sprach weiterhin von der Tür aus durch den ganzen Raum.

»Uns hat gerade die Meldung erreicht, dass zwei Männer als vermisst gemeldet wurden. Roger Wood und Gavin Hunter.«

Mags hörte, wie Miss Clara neben ihr am Tisch erschrocken einatmete.

Chief Inspector Armstrong ging einen Schritt in den Raum hinein und blickte über den Tisch zu Wendy, die nun langsam aufstand. Ihr Gesicht war blass, doch sie schüttelte Jims Hand ab, die er beschützend auf ihre gelegt hatte, und sah der Polizistin ruhig in die Augen.

»Warum kommen Sie damit zu mir?«

»Sagen Ihnen die Namen etwas?«

Die beiden Frauen standen sich jetzt gegenüber, und der Kontrast zwischen Wendys hellem Kleid und der dunklen Lederjacke der Polizistin hätte nicht größer sein können.

»Mrs Adams, Sie wissen, wer die beiden Männer sind.«

Das war keine Frage, und Mags konnte spüren, wie sich die Spannung im Zimmer immer mehr aufbaute. Eric wirkte immer noch wie festgefroren, und Jim hatte sich erhoben und seinen Arm um Wendys Schultern gelegt.

»Ja. Sie saßen im Auto, als mein Bruder Terry verschwunden ist.«

Die Augen der Inspectorin leuchteten kurz auf, als hätte sie nur auf diese Antwort gewartet.

»Wer saß damals noch mit in dem Wagen?«

»Gavins Bruder Shane. Er ist im letzten Jahr gestorben. Krebs.«

»Sie sind erstaunlich gut informiert für jemanden, der behauptet, seit Jahrzehnten nicht mehr hier gewesen zu sein. Wer saß noch mit im Auto?«

Jim spannte sich an, und Mags wusste aus Erfahrung, dass er kurz davor war zu explodieren. Sie versuchte unauffällig, sich ein Stückchen zwischen ihn und die Polizistin zu schieben. Aus den Augenwinkeln sah sie, wie Eric sich bewegte und ebenfalls einen Schritt vortrat.

»Sie wissen es doch.«

Wendys Stimme war immer noch ruhig.

»Wer noch, Mrs Adams? Sagen Sie es mir.«

»Stuart Lewis.«

»Der vor vier Tagen in seinem Boot tot aufgefunden wurde? Einen Tag, nachdem Sie das erste Mal seit Jahrzehnten wieder hier auftauchten?«

Die Knöchel an Jims zu Fäusten geballten Händen verfärbten sich weiß, und Mags hoffte, er würde seine offensichtliche Wut unter Kontrolle halten. Vergeblich.

»Was wollen Sie damit sagen? Ist das eine Anschuldigung? Wie können Sie es wagen …«

Jims Stimme polterte durch den Raum und alle Anwesenden zuckten erschrocken zusammen. Innerhalb von Sekunden schien die Wärme und Fröhlichkeit den Raum verlassen zu haben, als hätte man sie wie Kerzen ausgepustet. Mags sah angespannt zwischen Wendy und der Inspectorin hin und her.

»Ah. Sie müssen Jim Cartwright sein. Wie ich hörte, ist Miss Adams Ihr … Gast?«

Da war ein kleines, aber erkennbares Zögern vor dem letzten Wort gewesen. Mags trat einen Schritt vor, um Jim notfalls stoppen zu können.

»Phyllis!«

Eric Johnson war nun ebenfalls vorgetreten und hatte sich seiner Kollegin in den Weg gestellt. Sein Gesicht hatte einen harten, kalten Ausdruck angenommen, und er erinnerte Mags wieder an den Eric Johnson, den sie vor zwei Jahren das erste Mal am Fundort einer Leiche getroffen hatte.

»Oh. Eric. Ich dachte mir schon, dass ich früher oder später hier auf dich stoßen würde. Man hat mir erzählt, dass du in den letzten Jahren eine Vorliebe für das Landleben entwickelt hast. Aber das hier ist nicht dein Fall. Also …«

Sie drehte sich wieder zu Wendy um und schien sowohl Jims Wut als auch Erics Kälte nicht zu bemerken. Sam hatte sich leise neben Mags gestellt und sie griff dankbar nach seiner Hand.

»Miss Adams. Alles ein großer Zufall?«

»Phyllis!«

Eric Johnsons Stimme war nun messerscharf und durchschnitt die Luft.

Aber Wendy schüttelte den Kopf und sah die Polizistin ruhig an.

»Zufall? Ich weiß es nicht. Nein. Ja. Es sind merkwürdige Zeiten. Wissen Sie, als ich hier ankam und das erste Mal nach so vielen Jahren einen Fuß auf dieses Grundstück setzte, kamen mir Mags und Sam mit einer Dose in der Hand entgegen. Einer Dose, die meinem Bruder gehört hatte. Der Sturm hat die alte Weide entwurzelt, und sie hat ihr Geheimnis preisgegeben. Zufall? Oder glauben Sie, ich habe den Sturm ausgelöst? Oder die Weide dazu gebracht umzukippen? Ich weiß nicht, warum die Männer gerade jetzt verschwunden sind.«

Phyllis Armstrong schien das nicht zu beeindrucken.

»Umgekippte Bäume? Eine alte Dose? Das klingt eher nach einem Märchen.«

Sie schaffte es mühelos, in jedem ihrer Sätze eine große Portion Ungläubigkeit und Verachtung mitklingen zu lassen. Wendy zuckte nur mit den Schultern, ihre Hand lag nun besänftigend auf Jims Schulter.

»Was ich damit sagen wollte: Ich weiß nicht, was mit den beiden Männern passiert ist. Und ich weiß nicht, warum es gerade jetzt passiert.«

»Es sind drei. Nur ist Mr Lewis schon gefunden worden. Tot, wohlgemerkt.«

Mags sah, wie Mary am Tisch langsam ihren Stuhl zurückschob. Zuerst dachte sie, die junge Polizistin würde sich bereit machen, ebenfalls auf Jim einzuwirken, dessen bärtiges Gesicht mittlerweile vor Wut rot angelaufen war. Aber dann folgte Mags ihrem Blick und sah, dass sie Eric Johnson anstarrte. Mit Grund, denn die kalte Wut, die er ausstrahlte, ließ Mags um einiges mehr schaudern als Jims lautes Schnauben.

»Es reicht.«

Erics Stimme war wie Eis.

»Was willst du hier, Phyllis?«

»Ich leite eine Ermittlung, Eric. Für das Departement in Truro. Amtshilfe sozusagen. Oder vielleicht auch eine Art Probearbeiten? Wurdest du nicht informiert?«

»Was?«

Jetzt drehte sich die Polizistin mit einem leisen Lächeln zu Eric und Miss Clara um.

»Nachdem du ja dein Gesuch auf vorzeitige Pensionierung eingereicht hast, hat der Chief Constable mich gefragt, ob ich deine Stelle haben möchte.«

Die Polizistin schien die Reaktionen, die ihr letzter Satz auslöste, zu genießen.

»Was?«

Nun war es an Mary Shifter, ihren Chef ungläubig anzustarren, der sie aber mit einem schnellen Blick zum Schweigen brachte. Seine Stimme war so kalt, wie Mags es noch nie erlebt hatte.

»Noch bin ich Leiter der Ermittlungseinheit. Und

wer unter mir arbeitet, entscheide immer noch ich. Ich möchte also, dass du gehst. Sofort. Wir werden morgen in meinem Büro darüber sprechen.«

Auf das Gesicht der Frau legte sich ein Lächeln, und sie hob in einer beschwichtigenden Geste die Hände.

»Natürlich. Natürlich. Keine Aufregung. Ich mache nur meinen Job, oder? Ich bat den Chief Constable bei unserem heutigen Gespräch, ob ich nicht, um Einblick in die Arbeit und die Region zu bekommen, für einen Fall hospitieren könnte. Und als dann die Vermisstenmeldungen mit der Verbindung zu dem Tod von Stuart Lewis reinkamen, habe ich mich gerne angeboten.«

Sie lächelte in die Runde, augenscheinlich zufrieden mit sich und der Welt.

»Und wenn ich mich hier so umsehe, ist das wohl auch ganz gut so. Du und dein Sergeant scheinen ja doch eine etwas zu persönliche Bindung an diesen Ort zu haben. Also werde ich das hier noch kurz zu Ende bringen, Inspector. Ob es dir gefällt oder nicht.«

Mags erlebte Eric Johnson das erste Mal sprachlos. Wobei sie sich nicht sicher war, ob er nicht einfach all seine Kraft brauchte, um seine Wut zu kontrollieren.

Phyllis Armstrong wandte sich wieder Wendy Adams zu.

»Miss Adams, Sie haben damals schwere Beschuldigungen gegen die drei Männer ausgesprochen.«

»Ja. Vor fünfzig Jahren. Ich war ein halbes Kind. Ein Kind, das seinen Bruder verloren hat. Ich habe alle und jeden beschuldigt.«

Phyllis Armstrong legte den Kopf schräg.

»Das glaube ich Ihnen nicht.«

»Bitte?«

»Sie haben sehr gezielt mit dem Finger auf diese Jungen gezeigt und zu Protokoll gegeben, wie sie ihren Bruder immer wieder zur Zielscheibe gemacht haben. Heute würde man von Mobbing sprechen.«

»Worauf wollen Sie hinaus?«

»Sagen Sie es mir?«

Wendy seufzte, doch bevor sie etwas sagen konnte, trat Sam neben ihr einen Schritt nach vorne. Er hatte hinter ihr gestanden, und sie konnte sein Gesicht nicht sehen. Seine Stimme jedoch ließ sie zusammenzucken. Ihr Mann war so wütend, wie sie ihn nur wenige Male zuvor erlebt hatte. Er wählte einen Tonfall eisiger Höflichkeit.

»Chief Inspector Armstrong?

»Ja?«

»Sam Hawthorne. Sie befinden sich in meinem Haus.«

»Ja?«

»Ich bitte Sie hiermit, das Cottage zu verlassen. Ich nehme an, Sie haben keine Vorladung Miss Adams gegenüber, oder? Irgendeine andere Verfügung?«

»Es ist doch nur eine einfache Befragung.«

Sam lächelte leise.

»Das ist also ein Nein.«

Bevor sie etwas sagen konnte, sprach Sam mit seiner ruhigen Stimme weiter.

»Für heute Abend ist das Theater hier beendet. Sonst fühle ich mich leider gezwungen, eine offizielle

Beschwerde gegen Sie einzulegen. Eine lange, wohlformulierte, die dem Chief Constable viel Arbeit und Mühe macht. Vielleicht nicht die beste Art, seinen ersten – wie sagten Sie gleich noch mal? – Probearbeitstag zu beenden. Also gehen Sie. Jetzt.«

Mags merkte, wie die Polizistin versuchte, Sam einzuschätzen.

»Sie machen einen Fehler.«

Sam lächelte nur.

»Ich bringe Sie zur Tür.«

Inspector Armstrong schien zu wissen, wann sie verloren hatte, und zuckte mit den Schultern.

»Na, dann gehe ich wohl. Vorerst.«

Sie zwinkerte in Erics Richtung, der sich immer noch nicht völlig gefasst hatte, und ging aus der Tür.

Am Tisch herrschte Schweigen.

Durch die offene Tür konnten sie noch die Stimme der Polizistin hören.

»Ich werde mir das merken, Mr Hawthorne.«

»Oh, da bin ich mir sicher. Guten Abend.«

Die Haustür wurde geschlossen.

Mags sah in die Runde. Sowohl Jim als auch Eric waren noch damit beschäftigt, ihre Wut unter Kontrolle zu bringen. Mary blickte völlig verwirrt zu ihrem Vorgesetzten, und Wendy Adams hatte sich wieder auf ihren Stuhl sinken lassen und sah aus, als hätte sie einen Geist gesehen.

14

»Was in aller Welt sollte das?«

Eric griff nach seinem Weinglas, um einen großen Schluck zu nehmen. Neben ihm saß Miss Clara, und Mags erschrak, als sie deren blasses und erschöpftes Gesicht sah. Eric schnaubte.

»Das war Phyllis Armstrong. Sie arbeitet oben in Leeds. Zumindest dachte ich das. Warum sie jetzt hier ist, weiß ich nicht. Ich muss dringend mit dem Chief Constable reden. Ich verstehe nicht, was sie hier tut und warum ich nicht informiert wurde. Niemals hätte ich gedacht, dass gerade Phyllis …«

»Sir? Stimmt das? Sie wollen in Pension gehen?«

Mary Shifters Stimme war leise, aber eindringlich, und Mags sah ihr an, dass sie von der Neuigkeit mehr als überrascht war.

»Oh verdammt. Das ist eine lange Geschichte.«

Sam trat ein, und Mags nahm ihn in den Arm.

»Alles gut?«

»Ja.«

Sein gewohntes Lächeln trat wieder in sein Gesicht.

»Anscheinend bin ich als Hausherr ganz schön taff. Ich hoffe, es war in Ordnung, dass ich sie rausgeworfen habe. Meine Grenze war erreicht.«

Wendy hatte sich auch wieder gesetzt und zog nun auch Jim zurück auf seinen Stuhl.

»Ich danke Ihnen, Sam. Sie haben das einzig Richtige getan. Ich werde morgen mit ihr sprechen.«

»Wirst du nicht!«

Jims Wut flackerte wieder auf.

»Doch, das werde ich. Zusammen mit einem Anwalt. Ihre Vorwürfe sind lächerlich. Aber wenn Gavin und Roger wirklich verschwunden sind, dann hat sie zumindest ein Anrecht darauf, mich zu befragen. Ich habe nie einen Hehl daraus gemacht, dass ich der Überzeugung war, dass die beiden, Stuart und Shane, über die Nacht, in der mein Bruder verschwand, gelogen haben.«

»Aber es ist doch lächerlich, dich jetzt zu beschuldigen. Nach all der Zeit.«

Wendy versuchte, zu lächeln.

»Anscheinend nicht. Aber ich weiß nicht, wo die Männer sind. Mehr kann ich ihr nicht sagen.«

Sie sah in die Runde.

»Und jetzt bin ich einfach fürchterlich müde. Jim, bringst du mich heim?«

»Natürlich!«

Mags beobachtete, wie Jims Wut innerhalb von Sekunden in Besorgnis umschlug und er seine breiten Arme schützend um Wendys Schulter legte. In dieser Geste lag mehr als nur Freundschaft, und Mags wurde klar, dass Jims Gefühle für die Frau viel tiefer gingen, als es zunächst den Anschein hatte.

Auch Tim, der die ganze Szene aus seinem Sessel heraus beobachtet hatte, stand auf.

»Ich fahre auch. Soll ich jemanden mitnehmen?«

Sein Blick blieb an Mary Shifter hängen, doch die schüttelte den Kopf.

»Ich muss hier noch etwas besprechen.«

Sie starrte ihren Vorgesetzten an, der erst seufzte und schließlich nickte.

»Das ist nur fair. Clara, magst du mit Tim fahren? Ich denke, es wird hier noch etwas dauern.«

Mags sah mit Erstaunen, wie Miss Clara nickte und schweigend aufstand. Die Miss Clara, die sie kannte, hätte sich nie und nimmer etwas entgehen lassen.

Irgendetwas stimmte hier ganz und gar nicht.

Eric lehnte sich zurück und wartete, bis sich die Zimmertür hinter Miss Clara und Tim geschlossen hatte. Dann sah er Mary Shifter entschuldigend an.

»Ich habe es noch nicht gesagt, weil die Unterschrift vom Chief Constable fehlt. Aber ich werde dieses Jahr in den vorzeitigen Ruhestand gehen. Ich habe genug.«

»Sir?«

Mags konnte den Schock in Marys Gesicht gesehen. Eric Johnson war nicht nur ihr Vorgesetzter, sondern auch ihr Vorbild. Sie hatte Mags einmal erzählt, wie sie sich kennengelernt hatten und wie sie der Inspector in sein Team geholt hatte.

»Ich habe dich als meine Nachfolgerin vorgeschlagen, Mary.«

Die Polizistin sah ihn erstaunt an.

»Und der Commissioner hat sich das lange durch den Kopf gehen lassen. Aber er sagt mit Recht, dass dir dafür noch zwei Jahre Dienstzeit fehlen.«

»Deswegen wollten Sie, dass ich die Qualifizierung so schnell wie möglich anfange?«

»Ja. Und ich bin mir sicher, dass du in zwei Jahren meinen Job machen wirst, wenn du ihn dann haben willst.«

Marys Gesicht glühte vor Stolz. Aber sie versuchte, ruhig zu bleiben. Mags lächelte.

»Und ich schwöre, dass ich nichts von Phyllis' Plänen wusste. Ich hätte niemals gedacht, dass sie Leeds verlassen würde. Ich verstehe nicht, was sie hier sucht. Und warum der Chief Constable bei der ganzen Sache mitmacht. Ich meine, Phyllis ist eine wirklich gute Polizistin, aber …«

Mags hatte noch nie erlebt, dass Eric Johnson so ins Schleudern kam.

»Wer ist sie?«

»Chief Inspector Phyllis Armstrong gilt als Wunderkind der Polizei in Leeds, sie hat mit ihrem Team eine der höchsten Aufklärungsraten. Außerdem, da es der Revierklatsch eh innerhalb der nächsten Tage herausfinden und verbreiten wird, waren sie und ich vor Jahren Kollegen – und später ein Paar.«

Mags verschluckte sich an ihrem Tee und starrte den Inspector sprachlos an.

»Es gab einige Ereignisse in Phyllis' Leben, die sie sehr verändert haben.«

»Was ist passiert?« Eric sah ins Feuer, dann wandte er sich an Mary Shifter.

»Mary, du weißt, was ich dir und den anderen immer darüber gesagt habe, Distanz zu halten?«

Mags lehnte sich zurück, als sie Erics plötzlich sehr vertrauten Ton hörte. Hier sprach nicht mehr nur ein Vorgesetzter, sondern ein Freund. Auch Mary Shifter schien die Veränderung zu merken.

»Sie meinen, dass wir immer, wenn wir merken, dass uns ein Fall zu sehr hineinzieht, zu sehr runterzieht, zurücktreten sollen? Und uns an das erinnern sollen, was außerhalb der Arbeit auf uns wartet. Dass es wichtig ist, auf sich zu achten. Sich zu erinnern, warum wir die Arbeit machen.«

Marys Stimme war leiser geworden.

»Dass wir an das verdammte Gute und Schöne denken sollen, das es überall auf der Welt gibt.«

Eric nickte.

»Genau das. Und Phyllis – sie hat das nicht getan, oder es nicht gekonnt. Eines Tages war es zu spät. Es gab nicht den einen besonders schlimmen Fall. Vielmehr die vielen, vielen Grausamkeiten, denen sie begegnet ist. Der Schalter war umgelegt, sie konnte nicht mehr zurücktreten und sich an etwas orientieren, was außerhalb ihrer Arbeit lag. Unsere Beziehung war damals schon nicht mehr stabil, und als sie dann immer mehr in ihrer Arbeit versank und jeglichen Abstand verlor, beendete ich es.«

Er sah von Mags zu Mary und dann zu Sam, der etwas abseits stand und der Unterhaltung schweigend folgte.

»Ich ging hier nach Truro und baute mir meine eigene Truppe auf. Mit den besten Leuten, die ich finden konnte. Und Phyllis blieb in Leeds und arbeitete sich dort an die Spitze. Sie hat den Ruf, jeden Fall bis ans Äußerste zu verfolgen – und sie hat eine hohe Erfolgsquote. Vielleicht zu hoch.«

Jetzt schaltete Sam sich ein.

»Was heißt das, zu hoch?«

Eric hob die Hände in einer fast hilflosen Geste.

»Es gibt immer wieder Fälle, die wir nicht aufklären können. So wie das Verschwinden Terrys vor so vielen Jahren. Manchmal geht es nicht, und wenn man das aber mit aller Kraft zu erzwingen versucht …«

Mary beendete seinen Satz.

»… kann es Unschuldige treffen.«

Alle vier schwiegen und blickten aus dem Fenster. Draußen war es mittlerweile dunkel geworden, und die ersten Motten suchten sich ihren Weg in das erleuchtete Fenster.

Eric durchbrach die Stille als Erster. Er wirkte ruhiger und wechselte seiner Mitarbeiterin gegenüber wieder in einen formelleren Ton.

»Zwei Jahre, Mary. Sie müssen noch zwei Jahre durchhalten. Dann sind Sie immer noch die jüngste Beamtin, die je einen solchen Posten bekommen hat.«

»Zwei Jahre unter der reizenden Phyllis Armstrong?«

»Vielleicht. Aber ich muss erst einmal herausfinden, was sie hier sucht. Sie müssen dennoch wissen: Phyllis ist bei allem, was Sie heute Abend gesehen haben, trotzdem eine verdammt gute Ermittlerin. Sie werden so oder so von ihr lernen. Auch wenn sie nicht ganz einfach im Umgang ist.«

Mary lachte laut auf.

»Im Gegensatz zu meinem jetzigen Vorgesetzten, der ein Ausbund an Diplomatie und Sanftmut ist.«

Eric grinste.

»Ich werde morgen mit dem Chief Constable reden, was das Ganze soll. Dann wissen wir mehr.«

Mary nickte.

»Wie lange werden Sie noch im Dienst bleiben?«

»Bis Ende August.«

»Nur noch drei Monate? So schnell? Sie werden mir fehlen.«

Mags hatte bisher schweigend zugehört. Aber es gab eine Frage, die ihr nicht aus dem Kopf ging und die bisher niemand gestellt hatte.

»Warum?«

»Was?«

Eric schaute sie verwirrt an.

»Warum gehst du früher in Pension? Was ist los? Du liebst deine Arbeit. Du bist gesund, oder? Und bis jetzt hast du nie etwas davon gesagt, dich zur Ruhe zu setzen.«

Mags bemerkte, wie Eric kurz zögerte, dann aber mit den Schultern zuckte.

»Es gibt viele Gründe. Aber keine Sorge, du wirst mich noch oft genug sehen, ich werde nämlich nach Rosehaven ziehen.«

»Was?«

»Ich ziehe zu Clara. Beziehungsweise nicht ganz, denn ich bin der stolze Nachmieter von deinem alten Schuppen. So kann ich für Clara …«

Er brach ab und setzte neu an.

»So können Clara und ich zusammen sein und uns trotzdem ohne Probleme aus dem Weg gehen. Sie gibt mir auch einen Teil ihres Gartens ab für meine eignen Rosen.«

Mags konnte nicht glauben, was sie da hörte. Aber so wie es schien, hatte Rosehaven einen weiteren Bewohner gefunden.

»Was meinst du, was mit den beiden Männern passiert ist?«

Mags sah in das dunkle Glimmen des heruntergebrannten Kaminfeuers. Eric und Mary waren schließlich auch gegangen, und sie und Sam hatten den Tisch abgedeckt und sich auf dem Sofa zusammengekuschelt.

»Ich weiß es nicht. Vielleicht sind sie abgehauen? Ein Teil von mir wünscht sich, sie wären wie in einem Buch auf ihrem letzten Abenteuertrip. Vielleicht hat der Tod von Stuart in ihnen etwas ausgelöst? Sie waren Freunde. Was weiß ich, vielleicht sind sie ein letztes Mal auf Tour gegangen, in Wales ein Bier trinken, den nördlichsten Punkt Schottlands erreichen?«

»So würde es in einem Buch stehen, richtig?«

»Ja. Wahrscheinlich. Aber hier im echten Leben befürchte ich, dass es etwas weniger Gutes sein wird.«

Mags blickte nachdenklich auf die Reste des Kaminfeuers.

»Was hältst du davon, dass Eric zu Miss Clara zieht? Der taffe Inspector Johnson als Pensionär?«

Sam lachte leise auf.

»Ich freue mich für die beiden. Ganz einfach. Außerdem wird Miss Clara ihn schon in Nullkommanichts zu tausend Ämtern in Rosehaven verpflichten.«

Für ihn schien es ganz einfach zu sein. Aber Mags dachte daran, wie blass und still Miss Clara an diesem Abend gewesen war und dass Eric ihrer Frage nach dem Grund seiner vorzeitigen Pensionierung geschickt ausgewichen war. Dann dachte sie wieder an die beiden Männer, die sie letzten Sonntag noch im Pub gesehen hatte, an Stuart Lewis und seine verwirrten Augen und an die ertränkten Setzlinge in seinem Garten.

Schließlich verglühte auch das letzte Stück Holz im Kamin, und Dunkelheit legte sich über den Raum. Sam atmete leise und ruhig neben ihr. Mags schloss die Augen – und schlief ein.

Als er aufwachte, konnte er nichts sehen. Für einen kurzen Moment bekam er Panik, dann merkte er, dass er auf einem kalten, nassen Boden lag. Irgendwo war das Rauschen von Wellen zu hören, etwas näher ein leises Plätschern. Dann ein Rascheln und ein Stöhnen.

»Wer ist da? Was soll das?«

»Gavin?«

Das war Rogers Stimme, und wie immer beruhigte sie ihn. Wenn Roger da war, war alles gut. Er würde wissen, was zu tun wäre. Roger wusste das immer.

»Ja. Ich bin hier.«

»Was ist hier los?«

»Ich weiß es nicht. Sie haben mich geholt, als ich nach dem Essen spazieren war.«

»Sie?«

»Es waren sicherlich zwei. Ich konnte sie nicht sehen. Sie haben mir einen Lappen auf das Gesicht gedrückt, dann war ich weg.«

»Mir auch. Chloroform oder so. Ich glaube, mein Fuß ist verstaucht.«

»Kannst du aufstehen?«

»Meine Hände sind gefesselt. Und meine Füße auch.«

»Dann sind wir schon zwei.«

»Was wollen die? Wer sind die?«

»Wendy.«

»Was?«

»Wendy ist wieder da. Und ich habe ihre Stimme gehört.«

»Aber was soll das? Was will sie von uns?«

Gavin merkte, wie ihm die Panik die Kehle zuschnürte.

»Ich weiß es nicht.«

»Meinst du, sie weiß von …«

»Ich hoffe nicht. Aber …«

Roger klang so ängstlich. Das durfte nicht sein, Roger hatte nie Angst. Vor niemandem. Er war ein Soldat, und er würde sie retten.

»Sie kommt nach Jahren zurück, und zwei Tage später ist Stuart tot. Und wir sind hier.«

»Wir sind wieder dort, richtig? In der Höhle? Wie Terry damals, oder? In der verdammten Höhle!«

Gavin versuchte, seinen Atem zu beruhigen.

»Wird man uns finden, Roger?«

»Natürlich.«

»Und dann?

»Dann werden wir der Welt erzählen, dass Wendy Adams verrückt geworden ist.«

»Und?«

»Und Verrückten glaubt man nicht, Gavin.«

Gavin nickte. Sein Bein tat weh, die Rippen, die Schulter. Er wusste nicht, wie lange er schon in der Dunkelheit lag. Sein Kopf dröhnte, seine Augen und seine Kehle brannten. Er hatte Angst, panische Angst. Aber Roger würde alles in Ordnung bringen.

»Roger?«

Keine Antwort. Roger musste ohnmächtig geworden sein. Oder Schlimmeres. Daran mochte er nicht denken. Nicht daran denken. Auch er sollte kurz schlafen. Nur ganz kurz. Ihm war fürchterlich kalt. So kalt …

15

Der Garten war erfüllt mit dem Duft der ersten Rosen. Jetzt, Mitte Mai, buhlten die Blüten der Rosen und Stauden um die Gunst der Bienen und Hummeln. Mags blieb unter einem Rundbogen stehen, der mit einer weißen, kleinblütigen Kletterrose berankt war. Sie wusste, dass die Rose den Namen Snowwhite trug und zu Miss Claras Lieblingssorten zählte. Mags selbst hatte im letzten Jahr nach dem heftigen Herbststurm dabei geholfen, die abgebrochenen Ranken zurückzuschnei den. Und jetzt schien jede Verletzung aus dieser Nacht vergessen, und die Rose blühte schön wie eh und je.

Mags hatte die Küche leer vorgefunden und war dem schmalen Weg um das Haus gefolgt. Sie ließ ihren Blick über den Garten schweifen bis hin zu dem umgebauten Gartenschuppen, der die letzten Jahre ihr Zuhause gewesen war. Und bald das neue Zuhause von Eric Johnson sein würde.

Sie vermisste den Frieden und die Schönheit dieses Ortes. Und sie würde Miss Clara vermissen. Auch, wenn es nur wenige Meilen von Rosehaven zu ihrem neuen Cottage waren.

Am Ende des Weges, kurz bevor der Garten überging in die Wiesen und Felder und dann zu den Klippen hin abfiel, nahm Mags eine Bewegung wahr. Miss Clara, die mit sicherer Hand eine Schubkarre über den gekiesten Weg schob und dann neben ihr unter dem Rosenbogen stehen blieb.

»Guten Morgen!«

»Gibt es schon etwas Neues?«

Mags wusste, dass Miss Clara über den Verlauf der Suche informiert sein würde.

»Nein. Sie suchen noch. Eric sagt, der Chief Constable wird am Mittag vor die Presse treten, sie werden die Bevölkerung um Mithilfe bitten. Und so wie es aussieht, wird Phyllis Armstrong den Fall wirklich übernehmen. Eric hat fürchterlich geschimpft und etwas von alten Seilschaften und Filz und so gesagt. Er ist wirklich nicht glücklich mit der Entscheidung. Aber es ist es beschlossen. Und er ist raus aus den laufenden Ermittlungen. Seine Nachfolgerin in spe wirft ihm weiterhin vor, eine zu große emotionale Verbindung zu Rosehaven zu haben.«

Mags musste lachen. So schlimm das Ganze war, die Vorstellung, dass jemand Eric Johnson so etwas vorwerfen würde, war absurd. Sie wusste aus eigener Erfahrung, dass Eric seine Unbestechlichkeit und seine Verpflichtung dem Gesetz gegenüber nie zurückstellen würde.

»Geht es Ihnen besser?«

»Was meinst du?«

»Sie waren gestern so blass. Ich war mir nicht sicher …«

Ein Blick von Miss Clara ließ sie verstummen.

»Warum bist du hier, Margaret? All deine Sachen sind doch schon im Cottage angekommen.«

Mags merkte, wie weh ihr die Worte taten. Sie bei ihrem vollen Namen zu nennen, als wäre sie eine Fremde … Sie war kurz davor, den Garten zu verlassen, dem Menschen, der ihr in den letzten Jahren zur Freundin, Vertrauten und Familie geworden war, verletzt den Rücken zuzuwenden und zu gehen. Doch dann sah sie die Ringe unter Miss Claras Augen und blieb stehen.

»Sie werden mich verdammt nochmal nicht dazu bringen, zu gehen oder keine Fragen mehr zu stellen. Was zum Teufel ist los mit Ihnen?«

Mags wusste, dass Miss Clara es normalerweise nicht zuließ, dass in ihrer Gegenwart geflucht wurde. Aber sie war zu verletzt, sie musste sich Luft machen.

»Ist es wegen der verdammten Hochzeit? Ich hätte mir auch etwas anderes gewünscht als eine überstürzte Feier und dann die Reise nach Belize. Wirklich. Aber manchmal gibt es Dinge, die nicht warten können.«

Miss Clara stellte die Schubkarre mit zitternden Fingern ab.

»Ja, ich wollte die Feier hier haben. Wie wir es geplant hatten. Du und Sam, im Garten, mit allen Freunden, mit dem Dorf.«

»Das wollte ich auch. Ich wollte, dass Sie mich zum Altar führen. Aber es ging nicht. Wollen Sie deswegen in alle Ewigkeit sauer sein? Das sieht Ihnen nicht ähnlich.«

Miss Clara blickte auf ihre Hände, die noch immer zitterten.

»Ich hatte es mir gewünscht. Und ich wäre gerne diejenige gewesen, die dich zum Altar führt.«

Mags seufzte.

»Vorerst gab es für Sam und mich eben nur das Amtszimmer im Rathaus von Truro. Das ist weder sonderlich sauber noch sonderlich hübsch. Aber wir wollten einfach vor der Belize-Reise verheiratet sein.«

»Ja, Belize. Hast du dort gefunden, was du gesucht hast?«

Miss Clara war einer der wenigen Menschen, die die ganze Geschichte von Mags' Mutter kannten. Und die wusste, dass Mags in Belize eine Halbschwester hatte.

»Ja und nein. Ich weiß es nicht. Es war gut, meine Schwester zu sehen und dass sie dort ein Zuhause hat.«

»Aber?«

»Aber es war ganz anders, als ich es mir vorgestellt hatte. Meine Mutter ist ... Sie ist einfach ein Mensch, bei dem sich alles nur um sich selbst dreht. Um ihre Dinge. Es war nicht einfach, das zu akzeptieren.«

»Dass sie Fehler hat?«

Mags nickte, auch wenn es ihr schwerfiel.

»Ich habe mir, je mehr ich über ihre Geschichte erfahren habe, immer vorgestellt, wie zerbrechlich und schutzbedürftig sie wäre. Aber das ist sie nicht. Sie ist ein Opfer, keine Frage, sie ist durch die Hölle gegangen. Aber ...«

Mags brach ab und dachte an die Geschichte ihrer Mutter, an die vielen Jahre der Angst vor einem gewalttätigen und grausamen Mann. Sie hatte damals

Mags' Vater kennengelernt, sich verliebt und war mit ihm unter einem falschen Namen nach Rosehaven geflüchtet. Doch zwei Jahre nach Mags' Geburt hatte ihre Vergangenheit sie heimgesucht – und sie hatte keinen anderen Weg gesehen, als wieder davonzulaufen. Mags und ihr Vater blieben zurück, ohne zu wissen, was passiert war. Erst als Mags die Suche nach ihrer Mutter aufnahm und selbst auf den Mann traf, der Schuld war an allem, verstand sie es.

Mit ihm konfrontiert, hatte sie fürchterliche Stunden in Todesangst verbracht – und ihn schließlich nur besiegen können, indem sie ihr eigenes Leben auf Spiel setzte. Ihr lief es wie immer, wenn sie an den Menschen dachte, der für einige Narben auf ihrem Körper und genauso viele Narben auf ihrer Seele verantwortlich war, kalt über den Rücken. Die Wunden waren verheilt, aber mit den Narben musste sie jeden Tag leben.

Was ihre Mutter, deren gesamtes Leben durch ihn in vielfacher Weise zerstört worden war, bei dem Gedanken an ihn empfinden musste, konnte sie sich kaum vorstellen. Angst war noch ein zu schwaches Wort dafür.

»Aber?«

»Aber ich musste mich in Belize ernsthaft fragen, ob meine Mutter, wenn alles anders gelaufen wäre, wenn er sie nicht bedroht hätte, wenn sie hier mit meinem Vater ohne Gefahr hätte leben können, ob sie – ob sie nicht trotzdem gegangen wäre.«

»Du meinst, sie hätte ihn auch dann verlassen?«

Mags blickte auf ihre Schuhspitzen und dachte an das wilde und abenteuerliche Leben, das ihre Mutter in Belize gewählt hatte. Dachte an ihre Halbschwester, und daran, wie diese ihr von den vielen einsamen Tagen und Nächten erzählt hatte, die sie ohne ihre Mutter verbracht hatte, nicht wissend, wann diese von einer ihrer Reisen zurückkehren würde.

»Ich musste mich wirklich fragen, ob sie nicht auch mich verlassen hätte.«

Sie schluckte schwer. Es war ein großer Unterschied, so etwas zu denken oder es zum ersten Mal einem anderen Menschen gegenüber auszusprechen. Noch nicht einmal Sam hatte sie in ihre Gedanken eingeweiht. Aber mit Miss Clara konnte sie über alles sprechen.

»Ich glaube, ich habe in Belize gelernt, meine Mutter endgültig loszulassen. Kein Happy End, keine Geigen. Sie war hier, hat mich gesucht und gefunden. Aber auch da bin ich mir über ihre Motive nicht mehr im Klaren. Wussten Sie, dass sie, bevor sie hier nach Cornwall zu Tim gekommen ist, erst in London und in Paris war? So wie es aussieht, hat sie die Gelegenheit genutzt, auf einige alte Schließfächer zuzugreifen. Sie …«

Mags brach ab. Sie wollte sich auf die guten Dinge in ihrem Leben konzentrieren.

»Sie wird nicht zu meiner Familie gehören, egal, wie viele Gene wir teilen. Meine Schwester aber würde ich jederzeit hier begrüßen. Ich hoffe, sie findet einen Weg und traut sich, Belize hinter sich zu lassen.«

Mags liefen die Tränen über die Wangen.

»Ach, Liebes!«

Miss Clara strich ihr mit zitternder Hand über die Wange und reichte ihr dann ein sauberes Taschentuch, das sie aus einer der vielen Taschen ihrer Gartenschürze gezogen hatte.

»Nun trösten Sie mich, dabei sind Sie doch diejenige, die allen Grund hat, sauer zu sein.«

Mags putzte sich die Nase.

»Wir holen die Hochzeit nach. Wir feiern einfach ein zweites Mal, hier im Garten wie geplant. Es ist zwar kurzfristig, aber wenn wir uns beeilen, können wir alles bis August, vielleicht September, auf die Beine stellen. Sie sollen nicht mehr so wütend auf mich sein.«

Dann sprach Miss Clara so leise, dass Mags sie kaum verstehen konnte.

»Ich werde im August oder September vielleicht nicht mehr stark genug sein, um dich zum Altar zu führen.«

»Was? Aber …«

»Kurz vor eurer plötzlichen Abreise war ich zur Vorsorgeuntersuchung. Wie jedes Jahr. Ich gehe hin, die Ärztin untersucht mich, alles ist in Ordnung, ich gehe wieder. So läuft das seit Jahren. Aber diesmal war es anders.«

Mags erstarrte.

»Was ist es?«

»Krebs, mein Mädchen. Ein Geschwür in meiner Bauchspeicheldrüse. Ich wollte noch die Hochzeit abwarten, bevor ich mich in Behandlung begebe. Ich dachte, ich gebe mir noch vier Wochen, führe dich zum Altar, feiere mit euch und allen anderen.«

Mags war zu schockiert, um etwas sagen zu können.

»Ich beginne übermorgen mit meiner ersten Chemo. Eric bringt mich in die Klinik. Und deswegen zieht er auch hierher. Er wird sich um meinen Garten kümmern – und um mich, wenn …«

In Mags' Ohren rauschte es. Sie versuchte, irgendetwas zu sagen, aber sie bekam keinen Ton heraus.

Dann trat sie vor und zog Miss Clara in ihre Arme.

»Oh, Mags. Ich habe so eine wahnsinnige Angst. Ich glaube, ich hatte in meinem Leben noch nie so eine Angst.«

Mags stand, ihre Freundin in ihren Armen, unter den blühenden Kletterrosen in Miss Claras Garten und blickte über die Klippen auf das blaue Meer.

Mags rannte durch einen Garten. Und obwohl seine Wege von allen Seiten zugewachsen waren und dicke, schwere Zweige mit ihren Dornen an ihren Kleidern rissen und ihr in die Haut schnitten, hatte sie keine andere Wahl. Denn hinter ihr war etwas. Etwas, das ihr mehr Angst machte als die Dornen oder die tiefen Löcher im Boden, über die sie immer wieder springen musste. Wenn sie es wagte, einen Blick in eines der Löcher zu werfen, sah sie, dass sie mit dunklem Wasser gefüllt waren. Je näher ihr Verfolger kam, umso größer wurden die Löcher und umso mehr dornige Ranken legten sich um ihre Arme und Beine. Hinderten sie am Sprung, zogen sie zu Boden.

Sie wühlte in den Taschen der grünen Latzhose, die nur noch in Fetzen an ihr hing, nach einer Schere, einem Messer, nach irgendetwas, mit dem sie sich befreien konnte. Aber da war nichts.

Sie überlegte fieberhaft, wo sie ihre Gartenschere vergessen hatte, warum ihre Taschen leer waren, aber es fiel ihr nicht ein. Sie wollte um Hilfe rufen. Sie wusste, wenn sie es nur laut genug täte, wäre sie gerettet. Aber sobald sie den Mund öffnete, fielen ihr die Wörter wie Wassertropfen aus dem Mund und versickerten im sandigen Boden.

Sie versuchte, die Wörter aufzufangen, wieder zurückzustopfen, aber ihre Hände waren nicht schnell genug.

Das, was sie verfolgte, kam näher und näher. Sie schloss die Augen – und wachte zitternd vor Angst auf.

16

»Hast du schon die Zeitung gelesen?«

Mags sah mit gerunzelter Stirn von ihrem Becher mit Tee auf, als Sam, nur in Boxershorts bekleidet, durch die breite Holztür aus dem Garten in die Küche trat. Sie hatte schlecht geschlafen, der Traum der letzten Nacht hing ihr noch nach, und sie wusste einfach nicht, was sie tun konnte, um Miss Clara zu helfen. Sie konnte mit vielem umgehen, aber Hilflosigkeit gehörte nicht dazu.

Als Sam nicht weiterredete, stellte sie ihren Becher ab. Anscheinend hatte er Neuigkeiten.

»Ähm. Nein. Aber warum bist du so … luftig bekleidet draußen unterwegs?«

»Ich habe uns die Zeitung geholt.«

»Wir bekommen eine Zeitung?«

»Jetzt schon. Wir können ja schlecht wie sonst einfach das ausgelesene Exemplar von Miss Clara nehmen.«

Mags zuckte zusammen. Sie hatte gestern noch lange mit Miss Clara in deren Garten gearbeitet, hatte alles andere verschoben oder ausfallen lassen. Sie hatten die neuen Triebe der Rosen befestigt, die Erde gelockert, über das Dorf und die Bewohner gesprochen, die Sonne genossen. Erst, als sie spät am Abend zu Sam nach Hause gefahren war, hatten die Tränen und die Angst sich einen Weg gesucht. Sam hatte sie gehalten und mit ihr geweint und geflucht.

»Und von woher bekommen wir eine Zeitung?«

Sie versuchte, sich auf Sam und sein Lächeln zu konzentrieren.

»Oben an der Straße. Ich habe da gestern, nachdem Bob mir Bescheid gesagt hat, eine Kiste für den Zeitungsboten aufgestellt.«

»Du warst so oben an der Straße?«

Die Vorstellung, wie Sam ungerührt in seiner Unterhose den vorbeifahrenden Dorfbewohnern zuwinkte, zauberte ihr ein Lächeln ins Gesicht.

»Und was hat Bob damit zu tun?«

Bob Connor war einer von Mags' ältesten Freunden. Sie hatten sich in der Schulzeit gefunden und zusammengetan und all die Jahre nie den Kontakt verloren. Bob arbeitete als Chefredakteur bei der *Cornwall Gazette* und kannte jeden innerhalb der Landesgrenzen, der Rang und Namen hatte. Und noch so einige Menschen mehr. Er war energiegeladen, charmant und hatte einen Sinn für die skurrilen Seiten des Lebens. Mags vertraute Bob mehr als vielen anderen Menschen, war sich aber auch bewusst, dass ihr Freund mit Haut und Haaren Reporter war und für eine gute Story zwar nicht über Leichen, aber über so manch andres gehen würde.

»Er hat das Abo für uns klar gemacht. Sechs Monate lang die Gazette ins Haus und auch noch einen Toaster als Prämie dazu.«

»Wir haben schon einen Toaster!«

»Aber keinen, der die Umrisse eines Flamingos in die Toastscheiben brennt.«

Mags beschloss, darauf nicht einzugehen.

»Und du liest die *Times*. Nicht die Gazette.«

»Ich lese jetzt die Times und die Gazette. Schließlich bin ich endlich ein offizieller Einwohner Cornwalls.«

»Nicht in hundert Jahren. Aber glaub das ruhig weiter.«

Mags betrachtete Sam, der mit der Zeitung in der Hand und einem Lächeln im Gesicht vor ihr stand. Die Boxershorts, die er trug, hatte sie ihm zum letzten Geburtstag geschenkt, sie hatte ein Muster aus lauter kleinen Quietscheenten. Sie war als Witz gedacht gewesen, aber natürlich musste Sam sie sofort zu seiner neuen Lieblingsunterhose erklären.

Durch die geöffnete Küchentür konnte sie die Blumen riechen, und eine dicke Hummel umkreiste neugierig die blaue Teekanne auf dem Tisch. Sie dachte an Miss Clara, an das, was morgen auf ihre Freundin wartete, an den Abend, an dem sie mit Sam hier im Haus vor dem Kamin gesessen und über das Leben und den Tod gesprochen hatte, an ihren Vater, an ihre Mutter und ihre Schwester, an so unglaublich viel auf einmal, dass ihr Kopf rauschte. Und dann atmete sie langsam aus, stellte ihre Füße auf die Bodenfliesen und schüttelte auch noch den letzten Rest des Traumes ab. Das Hier und Jetzt zählte, und sie würde den Teufel tun und sich in ihrer Angst verlieren. Miss Clara würde sie brauchen, wenn sie wieder da wäre – und sie würde da sein.

Sam beobachtete sie geduldig, und Mags hatte wie so oft das Gefühl, dass ihr Mann sehr genau wusste, was gerade in ihr vorging.

»Und was steht nun in der Gazette?«

»Der Leitartikel dreht sich um das Verschwinden der beiden Männer.«

»Das war ja zu erwarten. Gibt es etwas Neues?«

»Nein. Aber jemand hat eine Verbindung zu Stuart Lewis und damit zu Wendy und Terry gezogen.«

»Verdammt.«

Mags sah auf den Becher in ihrer Hand, auf dem aus unerfindlichen Gründen der Eiffelturm zu sehen war.

»Jemand?«

»Bob.«

»Das ist nicht sein Ernst! Was zum Teufel hat er …«

Sie wurde vom Klingeln des Telefons unterbrochen. Als sie abnahm, drang Jims laute und außerordentlich wütende Stimme lautstark durch die Küche.

»Ruf besser mal deinen Freund Bob an und sag ihm, dass ich ihm die Nase brechen werde, wenn er es noch mal wagt, so einen Unsinn zu schreiben!«

»Aber …«

Es tutete nur noch. Jim hatte aufgelegt.

Mags sah hilflos zu Sam, der sich anscheinend ein Lachen verkneifen musste.

Das Telefon klingelte erneut.

»Jim?«

Aber es war nicht seine Stimme, die jetzt fröhlich und unbekümmert aus dem Lautsprecher drang.

»Hier ist Bob. Aber mit Jim würde ich auch gerne reden. Weißt du, wie ich ihn erreichen kann?«

»Nein. Hör mal, Bob. Jim hat gerade hier angerufen, du solltest dich da raushalten.«

»Was weißt du?«

Bob schien es nicht gehört zu haben.

»Nichts. Gar nichts. Nur würde ich an deiner Stelle Jim in Ruhe lassen …«

»Also ist Wendy Adams bei ihm? Sie wird sicherlich mit mir reden wollen. Mein alter Herr hat mir die ganze Geschichte vom Verschwinden ihres Bruders erzählt.«

Mags hörte, wie eine Autotür zuging und wie Bob den Motor startete. Er fuhr einen neuen knatschgelben Mini Cabrio mit passenden knatschgelben Sitzbezügen. Nicht, dass er damit irgendwie auffallen wollte.

»Bob? Ich würde nicht zu Jim fahren. Wirklich, ich glaube, es wäre besser …«

Es tutete schon wieder.

Verdammt!

Mags drückte auf die Rückruftaste, und Bob nahm ab.

»Bob! Lass es wirklich sein. Jim ist schon jetzt sauer auf dich.«

»Ach was, wir biegen das schon wieder hin. Er mag mich.«

Mags verdrehte die Augen.

»Er sagt, er wird die Nase brechen, wenn du noch mehr über Wendy schreibst.«

»Ah. Wirklich? Faszinierend. Das wäre auch keine schlechte Story.«

Mags wäre am liebsten durch das Telefon gekrochen und hätte ihrem Freund selbst ein wenig auf die Nase gehauen.

»Jetzt mach hier nicht auf Superjournalist.«

Bob lachte nur, und sie hörte, wie er den Wagen beschleunigte.

»Fahr vernünftig! Wir sind hier nicht in irgendeinem *James Bond*-Film.«

»Ich muss jetzt auflegen. Grüß deinen süßen Ehemann von mir.«

Es tutete erneut. Mags starrte auf ihr Telefon und schmiss es mit einer genervten Bewegung auf den Tisch. Als sie aus Sams Richtung ein leises Lachen hörte, schaute sie gereizt auf.

»Das ist nicht lustig!«

»Ein bisschen schon.«

»Wenn Jim wütend ist, verliert er schnell die Nerven. Er könnte Bob wirklich wehtun.«

»Wenn Bob wirklich etwas über Wendy in dem Artikel geschrieben hat, hat er es vielleicht verdient.«

»Soll ich da jetzt hinfahren, um mich zwischen die beiden zu werfen?«

»Ich denke nicht, die beiden sind erwachsen. Das sollen sie unter sich ausmachen.«

»Aber irgendetwas muss ich doch tun!«

»Ich glaube, das solltest du den beiden selbst überlassen. Ich auf jeden Fall gehe mir jetzt erst einmal etwas anziehen.«

Als Sam die Küche verlassen hatte, stand Mags auf und ging unruhig auf und ab. Wie sollte sie im Hier und Jetzt bleiben, wenn um sie herum ständig alles völlig durcheinander war? Sie versuchte, sich zu beruhigen.

Mittlerweile waren die Arbeiten am Boden abgeschlossen, und sie hatten Schicht für Schicht die wunderbaren Fliesen freigelegt. Die rauen Wände waren neu verputzt und gestrichen. An der Kopfseite der Küche stand ein altes Küchenbuffet, das Jim ihnen zum Einzug geschenkt hatte. Sein goldgelbes Holz schimmerte warm, und Mags liebte die alten Einschübe aus Keramik, die angelaufenen Griffe und das an den Scheiben schon leicht stumpf gewordene Glas. Das Buffet war ein Möbelstück, an dem alles von der Zeit und den Händen erzählte, die es berührt hatten. In der Mitte des Buffets stand Terrys alte Blechdose. Wendy hatte Mags gebeten, sie für sie aufzuheben, bis sie wieder zurück nach London fahren würde.

Gedankenverloren öffnete Mags die Dose und reihte den Inhalt nebeneinander auf. Unter dem Wachstuch waren neben den anderen Dingen noch ein rotes Matchboxauto und eine Plastikhülle, in der ein Kartenspiel steckte, zum Vorschein gekommen. Wie merkwürdig, dass das kleine rote Auto nach all den Jahren unter der Erde noch so glänzte. Auch die Karten des Autoquartetts mit ihren Rennwagen zeigten keine Spuren von Alter. Mags öffnete die Plastikhülle der Spielkarten und nahm sie vorsichtig in die Hand. Sie spürte, dass Sam hinter ihr stand, und drehte sich mit einem Lächeln um.

»Hast du früher auch Quartett gespielt?«

Sam lachte.

»Oh ja, oft! Ich weiß noch, was es für ein Gefühl war, wenn man das Glück hatte, die richtige Karte zum richtigen Zeitpunkt zu bekommen. In meinem Quartett gab es einen Geländewagen, der weder der größte noch der schnellste war. Aber aus irgendwelchen Gründen hatte er den niedrigsten Benzinverbrauch. Und so konnte ich mit Glück die anderen viel besseren Karten ausstechen.«

»Was ist das?«

Mags' Finger waren in dem Stapel der Karten auf ein dünnes Stück Papier gestoßen. Vorsichtig faltete sie es auseinander.

»Ist das eine Karte?«

Sie hob die Zeichnung hoch, die eindeutig ein Kind mit seinen Buntstiften gemalt hatte, und hielt sie gegen das Licht. Sam blickte über ihre Schulter.

»Das könnte die Küstenlinie sein.«

Mags kniff die Augen zusammen und betrachtete die Karte genauer.

»Ja, du hast recht. Dann wären die drei grünen Striche hier unser Cottage? Die Weiden!«

»Es ist eine Schatzkarte. Sieh mal, da unten ist ein rotes Kreuz, und das daneben soll dann wohl eine Piratenflagge sein?«

Sam starrte auf die Karte.

»Warte mal kurz!«

Er hatte sich umgedreht und war in großen Schritten die Treppe hinaufgelaufen. Mags hörte, wie er in seinem Arbeitszimmer in den Kisten voller Bücher und Papieren wühlte. Sie stöhnte. Sam hatte eine sehr eigenwillige Einstellung zu Ordnung und Systematik, wenn es um seine Bücher und Notizen ging. Also eigentlich gar keine. Es wunderte sie immer wieder, dass ein Mann, der seine Hemden und Blazer akkurat auf schmale Bügel hängte, niemals zwei unterschiedliche Socken auf der Wäscheleine nebeneinander hängen würde und sich noch nicht mal bei der Gartenarbeit ernsthaft schmutzig machte, in seinem Arbeitszimmer ein völliger Chaot war. Wenn sie aber etwas dazu sagte, brummelte Sam immer nur mit einem halben Grinsen etwas von kreativem Chaos.

Wieder blickte sie auf die Karte und fragte sich, wie alt der Junge wohl gewesen sein mochte, als er sie gezeichnet hatte. Terry war verschwunden, als er sechzehn Jahre alt war – aber die Zeichnung hier, die bunten Striche und die kleinen Symbole, hatte vielleicht ein Zehnjähriger gemalt. Wahrscheinlich mit der Zungenspitze zwischen den Zähnen vor lauter Konzentration und Eifer.

Kurz darauf hörte sie Sam wieder die Treppe herabkommen. Er breitete eine Karte auf dem Tisch aus.

»Hier, siehst du?«

Seine schlanken Finger fuhren die Küste entlang und blieben an einer Stelle stehen.

»Wenn ich die Karte richtig lese, dann markiert das Kreuz den Strand hier.«

Mag beugte sich vor und kniff die Augen zusammen.

»Das ist der Slate Beach.«

Sie sah wieder auf Terrys Karte, das kleine Bild neben dem roten Kreuz, und lachte dann auf.

»Klar! Das ist keine Flagge, das soll eine Höhle mit Gängen sein. Er meint die alte Schieferhöhle, was sonst.«

Sam sah sie erstaunt an.

»Welche Höhle?«

»Unten am Strand gibt es eine alte Höhle. Ich kenne sie nur als die Schiefer-Höhle. Soweit ich weiß, wurde sie früher zum Schieferabbau genutzt. Was der Name ja auch schon sagt. Es hat dort wohl immer wieder Einstürze gegeben, und mein Vater hat mir früher eindringlich verboten, dort zu spielen. Die Bucht ist ziemlich schmal, eine enge Treppe führt hinunter. Sie ist in den Felsen geschlagen – wahrscheinlich wegen des Schiefers?«

»Oder weil eine versteckte Bucht mit einer alten Höhle eben ein perfekter Landepunkt für Schmuggler gewesen sein könnte?«

Mags sah das Leuchten in Sams Augen und wusste, dass er nun nicht lockerlassen würde, bis er das unbekannte Stück Cornwall gesehen hatte.

»Ich war lange nicht mehr dort. Es ist ein wenig unheimlich, da der Strand ja nur über die Treppe zu erreichen ist und bei Hochwasser völlig überflutet wird.«

Sam griff nach seinem Mobiltelefon und tippte kurz auf den Bildschirm.

»In einer Stunde ist Niedrigwasser.«

»Du hast eine App, die dir Ebbe und Flut anzeigt?«

»Klar. Und, kommst du mit? Wenn wir Terrys Karte folgen und querfeldein laufen, sind wir in einer Dreiviertelstunde dort.«

Mags sah von der Karte zu Sams leuchtenden Augen und dachte kurz an Bob und Jim und den Ärger, der in der Luft lag und sich sicherlich bald entladen würde. Vielleicht war die Idee, dem Ganzen einfach für einige Stunden zu entkommen, gar nicht so verkehrt.

Als Gavin aus seinem Dämmerzustand aufwachte, war es leise in der Höhle. Er versuchte, zu schlucken und seine völlig ausgetrockneten Lippen mit der Zunge zu befeuchten. Er hustete, und ein heftiger Schmerz schoss durch seine Seite. Ihm wurde schwindlig, und er musste nach Luft ringen.

»Roger?«

Nichts. Aus der Richtung, in der er Roger vermutete, war kein Geräusch zu hören. Gavin betete, dass sein Freund noch lebte.

Er versuchte, sich aufzurichten, aber in seinem Fuß pochte es, und sein Kopf dröhnte. Er durfte nicht wieder einschlafen, oder? In den Filmen ging es doch immer darum. Man sollte wach bleiben, nicht einschlafen, nicht das Bewusstsein verlieren. Irgendetwas sagte ihm, dass er, sollte er noch mal einschlafen, vielleicht nicht wieder aufwachen würde.

»Roger!«

Roger antwortete nicht. Dabei hätte er doch gewusst, was zu tun sei. Roger wusste immer alles. Roger mit seiner Ausbildung beim Militär, seiner Karriere, seiner befehlsgewohnten Stimme. Schon als sie noch Kinder gewesen waren, hatte Roger in ihrer Gruppe den Ton angegeben. Roger wusste immer, was zu tun war. Nur damals, damals in dieser verdammten Nacht in dieser verdammten Höhle ... Gavin schloss die Augen. Daran wollte er nicht denken.

»Roger ...«

Er konnte nur noch flüstern, und sein Kopf sank wieder auf seine Brust. Nur einen kleinen Moment. Einen kleinen Moment Ruhe.

17

Mags hatte sich ihre dicken Wanderschuhe angezogen und einen Rucksack mit etwas zu essen und – in Erinnerung an ihren Vater, der stundenlang die Wellen und das Meer hatte beobachten können – einem Fernglas bestückt.

Kurz darauf trat auch Sam aus dem Haus, ebenfalls mit Wanderschuhen und einem Rucksack.

»Lust auf ein Abenteuer, George?«

»Wenn ich George bin, wer bist du dann? Dick?«

Sam schnaubte entrüstet.

»Ich war schon immer Julian. Nur dass du es weißt.«

Mags lachte. Seit Sam den Auftrag für den Artikel über Enid Blyton übernommen hatte, waren ihr die Abenteuer der *Fünf Freunde* wieder präsent. Und an einem sonnigen Sonntag gemeinsam aufzubrechen, um einer Schatzkarte zu einer geheimnisvollen Höhle zu folgen, versetzte sie trotz aller Sorgen in eine bessere Stimmung. Vielleicht war das, was sie gerade brauchte, wirklich nichts anderes als ein Ausflug mit Sam zum Strand, untermalt von Erinnerungen an die Bücher ihrer Kindheit. Sie beschloss, für die nächsten Stunden mit aller Kraft alle dunklen Wolken zur Seite zu schieben. Danach würde sie sich wieder allem stellen, aber eine Pause musste sein.

»Was ist in deinem Rucksack?«

Skeptisch beäugte sie Sam, der mit einem leisen Stöhnen seinen ziemlich vollgepackten Rucksack schulterte.

»Ach. Dies und das. Vielleicht ein oder zwei Bücher. Was man halt so mitnimmt.«

»Wir machen einen Spaziergang zur Küste, kein Überlebenstraining! Wehe, du jammerst, wenn er dir zu schwer wird.«

»Jawohl, Mam!«

Sie gingen zum Rand ihres Grundstückes und kletterten über die erste Steinmauer, um dann quer durch die Wiesen in Richtung Meer zu gehen. Das Gras stand hoch und war mit den unterschiedlichsten Blumen durchzogen. Am Ende der Wiese brummte und summte es rings um einen alten Bauwagen, in den Bienenstöcke gebaut waren.

»Der Bauer lässt dieses Jahr die Wiese für seine Bienen stehen.«

»Es sieht wunderschön aus. Schade, dass solche Wiesen so selten geworden sind.«

Mags griff nach Sams Hand.

»Aber gut, dass es im hohen Gras keine Schlangen gibt.«

Sie spürte, wie er zusammenzuckte und sie wütend ansah.

»Nach allem, was wir miteinander durchgemacht haben – sogar, nachdem du offiziell zu meiner Frau erklärt wurdest –, kannst du immer noch nicht aufhören, dich darüber lustig zu machen? Ernsthaft?«

Mags lachte. Sie erinnerte sich daran, wie sie auf der Klosterinsel St. Michael's Mount zum ersten Mal erlebt hatte, wie Sam nur bei dem Gedanken an eine Schlange beinahe durchgedreht war. Mittlerweile, auch dank einer Art gezwungener Konfrontationstherapie in Belize, war er schon entspannter geworden. Aber Mags konnte es sich trotzdem nicht verkneifen, ihn ab und an damit aufzuziehen.

Sie gingen Hand in Hand nebeneinanderher, und Mags' Schultern entspannten sich. Hier und jetzt, mit jedem Schritt merkte sie, wie sie ruhiger wurde.

Schweigend kletterten sie über weitere Mauern, gingen durch einen kleinen Wald, der kühl und geheimnisvoll schattig in einer Senke lag, und über weitere Weiden und Felder.

Sie schwiegen und hingen ihren Gedanken nach. Mags war schon als Kind so umhergewandert, aber für das Stadtkind Sam war es immer wieder etwas Besonderes, einfach querfeldein zu laufen.

Schließlich trafen sie auf die alte Küstenstraße, die nur noch von wenigen Touristen befahren wurde und zum Glück sowohl für Lastwagen als auch für Wohnmobile zu schmal war. Auf der Straße lagen vielleicht an die zwanzig Schafe, die bei ihrem Anblick leise zu blöken begangen.

Mags lachte.

»Sie genießen die Wärme des Asphalts.«

Sam versuchte, eines der Schafe zwischen den Ohren zu kraulen, aber es blökte empört, sprang auf und ließ sich einige Meter entfernt wieder nieder.

»Sie wollen ihre Ruhe, wir stören anscheinend.«

Mags sah sich um.

»Wir sind, glaube ich, etwas zu sehr nach Osten abgekommen, die Bucht müsste jetzt zwei Kilometer westlich von uns liegen.«

Sie wandten sich nach rechts und gingen den schmalen Pfad entlang, der neben den Klippen in einem stetigen Auf und Ab verlief. Mags musste an all die Touristen denken, die zum Wandern nach Cornwall kamen. Sie stellten sich oft vor, die hohen Kippen entlangzugehen, auf der einen Seite das blaue Meer, auf der anderen Seite die grünen Wiesen. Das war auch so, und traumhaft schön auf jeden Fall – nur führten die Wege eben nicht nur auf den Klippen entlang, sondern folgten ihnen auch durch jede Bucht. Am Ende einer kurzen Tageswanderung konnte man so oft fast ebenso viele Höhenmeter zurückgelegt haben wie in den Bergen. Mags liebte es, da einen hinter jeder neuen Steigung, hinter jeder erklommenen Klippe ein neuer Ausblick erwartete. So auch jetzt. Sie blieb stehen und drehte sich zu Sam um, der trotz seiner langen Beine langsamer war als sie.

»Schau!«

Er trat neben sie, und sie lehnte sich an ihn.

Vor ihnen erstreckte sich eine weite Bucht, in der sich winzige Sandstrände mit scharfen Felsen abwechselten, die bis ins Meer reichten.

»Nicht zu allen Stränden kommt man von oben – einige können nur mit dem Boot angefahren werden.«

Mags freute sich, dass Cornwalls Natur so von ganz allein dafür sorgte, möglichst unberührt zu bleiben.

»Eine der Buchten ist Smuggler Beach. Dort sollte auch die Höhle sein. Ich glaube, ich erkenne den Abstieg wieder, wenn wir da sind.«

Sams Augen glitzerten in der Sonne, und sie spürte seine Begeisterung.

»An einem solchen Ort groß zu werden!«

Mags musste lachen.

»Als Kind weiß man das aber meist nicht zu schätzen. Es war … einfach normal. Ich glaube, ich hatte gar keine Idee davon, dass man auch anders aufwachsen kann. Und als Teenager wären wir alle jederzeit bereit gewesen, mit jedem Londoner zu tauschen.«

Sie waren langsam weitergegangen, und Mags suchte den Rand der Klippe nach einem Weg nach unten ab.

»Hier!«

Sie wies auf einen Felsen, auf dessen dunklem Grund die beiden eisernen Handläufe kaum zu sehen waren. Sie hielt sich fest und lugte nach unten.

»Es sieht schlimmer aus, als es ist. Die Stufen im Stein sind ziemlich breit, und die Griffe scheinen erneuert worden zu sein.«

Sam trat vor und machte ein skeptisches Gesicht.

»Da runter?«

»Klar. Es sei denn, du willst dir die Höhlen lieber von oben ansehen.«

18

»So … so dunkel hatte ich sie gar nicht in Erinnerung.«

Mags schaute mit einem kleinen Schaudern in die dunkle Öffnung im Fels.

Sam lachte, stellte seinen Rucksack ab und zog eine schwere Stabtaschenlampe heraus.

»Ich denke, das hier wird helfen.«

»Ich nehme alles zurück, was ich vorhin über dich und dein Gepäck gedacht habe.«

Sam gab ihr einen Kuss auf den Kopf.

»Gut. Denn ich habe auch das hier dabei.«

Mags starrte verwirrt auf die Schachtel, die er in der Hand hielt.

»Kreide?«

»Ja. Ich war mir nicht sicher, wie verwinkelt die Höhle ist. Damit können wir unseren Weg markieren.«

»Wie schlau von dir, Julian. Aber wir werden uns nur vor der Höhle umschauen und mehr nicht. Wenn du mehr sehen willst, solltest du das mit jemandem machen, der sich auskennt. Höhlen können ziemlich gefährlich sein.«

»Oh, jetzt bist du also plötzlich doch Anne?«

Mags stieß ihn an und musste bei dem Gedanken an die Figur der zehnjährigen kleinen Schwester bei den fünf Freunden lächeln. Enid Blyton hatte das Mädchen immer als ängstlich, besorgt und wenig abenteuerlustig dargestellt.

»Ich glaube, im Hinblick auf Höhlen schon. Ernsthaft, steck die Kreide ein. Wir gehen nur einmal kurz hinein.«

Sam grinste und malte auf Kopfhöhe einen Kreidestrich an den Felsen rechts vom Eingang.

»Aber ich wollte das immer schon mal machen.«

»Bereit?«

»Auf geht's!«

Der Eingang zur Höhle war niedrig, aber breit, und die Felsen von Wellen und Gezeiten flach geschliffen. Sam richtete seine Taschenlampe auf den Boden, und Mags konnte schmale, in den Stein gehauene Stufen erkennen.

»Die müssen die Leute hier angelegt haben, als sie die Höhlen noch genutzt haben, um Schiefer abzuschlagen.«

»Warum haben sie damit aufgehört?«

Mags zuckte mit den Schultern.

»Es war wahrscheinlich mühsam. Und einfacher, den Schiefer aus den großen Steinbrüchen weiter nördlich liefern zu lassen. Vielleicht waren aber auch alle Schichten, die einfach zu erreichen waren, schon abgeerntet? Ich weiß es nicht genau. Die meisten Dörfer hatten früher eigene Quellen für Baumaterial und Schiefer.«

Ihre Stimme klang nun dumpf und hohl, der Gang war niedrig und gerade mal breit genug für sie beide.

An den Wänden ragten die scharfen Kanten des Schiefers heraus, und der Boden war mit Steinen und Sand bedeckt.

Sams Taschenlampe leuchtete über die Wände und blieb dann stehen.

»Da, die Wasserlinie ist deutlich zu erkennen. Sogar, wenn wir von der Flut erwischt werden sollten, würde das Wasser uns nur bis zur Hüfte stehen.«

Mags hob die Augenbrauen.

»Theoretisch ja, aber unterschätze nicht den Sog, den die Gezeiten hier entwickeln können. Im hüfthohen Wasser würdest du dann hier wahrscheinlich nicht mehr stehen, sondern ganz schön hin und her geworfen werden. Auch bei niedrigen Wellen ist das Wasser hier an der Küste nie ohne Bewegung. Die gefährlichen Strömungen siehst du nicht.«

Sie drehte sich zu Sam um.

»Aber wir haben doch noch ausreichend lange Ebbe, oder?«

Mags war als Schülerin auf einem Ausflug an den Strand abseits der anderen ins Wasser gegangen, um zu schwimmen, und in eine Unterströmung geraten. Sie hatte Todesängste ausgestanden, da sie zu abgetrieben worden war, um Hilfe zu rufen. Sie hatte förmlich spüren können, wie die Kräfte im Wasser sie weiter aufs Meer hinaus zogen. Immer verzweifelter war sie gegen die Strömung angeschwommen und hatte nur durch Glück, einfach nur durch wahnsinniges Glück, nach einer gefühlten Ewigkeit aus dem Sog gefunden.

Seitdem begegnete sie der cornischen See mit Respekt, wenn nicht sogar mit Angst, und vermied es, mehr als ihre Füße in das Meerwasser zu halten.

»Keine Sorge. Wir haben noch gut zwei Stunden, bevor die Flut langsam einsetzen wird.«

Sie gingen vorsichtig weiter, und nach wenigen Metern öffnete sich der Gang, und Sam blieb mit weit aufgerissenen Augen stehen.

»Das ist unglaublich.«

Der Lichtkegel der Taschenlampe glitt über die hohen Decken der Höhle, die sich nun vor ihnen auftat.

Mags war ja schon zuvor hier gewesen und wusste sofort, was Sam meinte. Die Kanten der Schieferschichten ragten in den Raum, und es war, als würde man in das Maul eines alten Drachens blicken. In unregelmäßigen Abständen waren Nischen und weitere niedrige Tunnel in die Wände getrieben oder vor langen Zeiten von Wasser und Flut gewaschen worden. Der Boden war mit Bruchstücken von Schiefer bedeckt.

»Sei vorsichtig, das ist rutschig.«

Sam ging, nicht ohne erneut einen Kreidestrich an der Wand anzubringen, weiter. In der Mitte der Höhle blieb er stehen und leuchtete nach oben.

Etwas bewegte sich, und Mags hielt die Luft an.

»Fledermäuse! Mach das Licht da weg.«

Sie hatte keine Angst vor den schnellen Jägern, aber sie wusste, dass gerade unsanft geweckte Tiere gerne panisch losflogen und sich dann in Haaren oder der Kleidung verfingen.

»Warum stinkt es dann nicht, wenn es hier Fledermäuse gibt?«

Sam leuchtete auf den Boden.

»Ah, das Wasser muss hier regelmäßig rein und raus laufen. Ein Fledermausklo mit Spülung also.«

Mags, die aus den Minen in Drabstock den Geruch von Fledermauskot kannte, war froh darum.

»Was meinst du, wie viele Tonnen Gestein jetzt wohl über unseren Köpfen sind?«

Sie lachte.

»Du willst es wohl darauf anlegen, dass ich Panik bekomme? Keine Ahnung, wie hoch sind die Klippen von der Wasserlinie aus? Ich kenne einige andere Stellen, wo dann irgendwann die Höhlen eingebrochen sind. Aber das hier sieht ziemlich massiv aus.«

Ihre Augen folgten dem Licht der Lampe, mit der Sam neugierig alle Ecken der Höhle ausleuchtete, wobei er es vermied, erneut die Decke mit den Fledermäusen zu streifen.

»Warte!«

Sie keuchte auf und griff nach Sams Arm, um das Licht wieder einige Zentimeter zurück zu bewegen. In einem der Tunnel hatte sie etwas liegen sehen.

»Da!«

Etwas Buntes, Gestricktes lag im Gang.

»Was ist das?«

Mags' Stimme zitterte.

»Das ist der Schal, den Gavin Hunter am Sonntag im Pub getragen hat!«

Der Tunnel, in dem der Schal lag, war noch niedriger, und Sam musste sich bücken, um nicht an die Felsen zu stoßen.

Mags folgte ihm vorsichtig, eine Hand an seinem Rucksack, die andere tastend an der Felswand.

Ohne sich abzusprechen, waren sie beide still. Mags hatte ihren Impuls, nach Gavin zu rufen, schnell unterdrückt. Zum einen wollte sie die Fledermäuse nicht aufschrecken, zum anderen war sie sich nicht sicher, ob so laute Geräusche nicht doch einzelne Felsstücke von der Decke lösen könnten.

»Wir gehen bis zum Ende des Tunnels, wenn wir dann nichts sehen, drehen wir um und holen Hilfe, okay?«

Sams Stimme war nur ein Flüstern.

»Ja.«

Vorsichtig gingen sie weiter. Nach einer Weile wurde der Gang wieder höher, und sie standen in einer zweiten Höhle, die nur wenig kleiner als die erste war. Auch hier wurden unter dem Licht von Sams Taschenlampe Nischen und Gänge sichtbar.

»Ich wusste nicht, dass diese Gänge so weit in den Felsen hinein führen. Wir sollten Hilfe holen.«

Doch bevor Sam antworten konnte, fiel das Licht seiner Lampe auf einen dunklen Haufen, der in einer der Nischen auf dem Boden lag.

Mags blieb wie erstarrt stehen, bis sie sah, dass der Haufen sich in winzigen Atemzügen bewegte, und stürmte dann vor.

»Gavin!«

19

Er atmete, das war gut. Mags kniete sich neben den Mann und stöhnte auf, als sie seine hinter dem Rücken gefesselten Hände sah.

»Sam. Hast du ein Messer?«

Sam hatte die Fesseln auch gesehen und schon sein Taschenmesser aus dem Rucksack gezogen. Er reichte es Mags, dann richtete er sich auf und sah sich um.

Sie schnitt vorsichtig die Fesseln durch und zog dann ihre Jacke aus, um den Kopf des Mannes auf sie zu betten. Er war eiskalt, und seine Augen waren geschlossen.

»Gavin? Gavin, kommen Sie. Wachen Sie auf.«

Seine Lider zitterten, und in Mags stiegen Tränen auf. Schließlich öffnete er langsam die Augen und sah sie blinzelnd an.

Sie griff nach seinen eiskalten Händen und versuchte, sie zu wärmen.

»Sam, deine Jacke.«

Sam, dessen ganzer Körper Wachsamkeit ausstrahlte, zog seine Jacke aus und breitete sie über Gavin aus.

»Ist hier noch jemand?«

Jetzt verstand Mags, was ihr Mann befürchtete. Er hatte Angst, dass, wer immer Gavin gefesselt und hier abgelegt hatte, noch da war.

»Roger.«

Gavin hatte den Namen so leise geflüstert, dass Mags ihn kaum verstanden hatte.

»Roger? Der andere verschwundene Mann. Ist er hier?«

Sam stand auf und leuchtete mit der Lampe sorgfältig in alle Ecken.

»Da!«

Mags hatte ein paar Schuhe aufblitzen gesehen, das kurz im Kegel der Taschenlampe aufgetaucht war. Sam eilte zu der Stelle.

»Lebt er noch?«

»Ja. Er atmet flach, aber regelmäßig. Ich drehe ihn auf die Seite.«

Sie hörte, wie Sam auch dem anderen Mann die Fesseln durchschnitt, und sah dann, wie er seinen Körper vorsichtig auf die Seite rollte und mit seinem Rucksack stabilisierte.

Dann kam er zu ihr.

»Noch jemand? Ist noch jemand hier?«

Gavin schüttelte den Kopf. Seine Stimme war ein nur ein leises, raues Flüstern.

»Nein … Niemand … allein.«

Sam stand auf.

»Mags, du musst hierbleiben, ja? Ich gehe schnell raus und rufe Hilfe.«

»Natürlich.«

»Ich muss aber die Lampe mitnehmen.«

Sie konnte hören, wie schwer es ihm fiel, sie hier allein zu lassen.

»Oh ... Ja, mach das. Es geht schon.«

»Nur kurz. Ich komme gleich wieder.«

Er ging den Weg zurück, den sie gekommen waren, und in Sekundenschnelle wurde es in der Höhle absolut dunkel.

Mags versuchte, ihren Atem zu beruhigen, und hielt weiterhin Gavins Hände.

»Sam holt Hilfe. Er hat sein Telefon dabei. Es wird nicht mehr lange dauern. Gleich kommt Hilfe, und dann bringen wir Sie hier raus.«

Sie hörte, wie er tief ausatmete, und sprach schnell weiter.

»Sie bleiben aber jetzt wach, oder? Wissen Sie, dass ich Angst im Dunkeln habe? Sie können mich jetzt nicht so einfach allein hier sitzen lassen. Ich brauche doch Gesellschaft.«

»Roger?« Seine Stimme war nur ein leises Krächzen.

»Er ist da, keine Sorge. Er liegt nicht weit entfernt. Hilfe kommt. Es dauert nicht mehr lange.«

»Roger war weg.«

»Er ist bewusstlos. Aber er atmet.«

»Sie sind da, aber Sie sind nicht Wendy.«

»Was?«

Mags war sich nicht sicher, ob sie den Mann richtig verstanden hatte.

»Sie haben eine schöne Stimme.«

Sie lachte unter Tränen, tastete mit ihrer freien Hand nach dem Gesicht des Mannes und legte ihm ihre warme Hand an die Wange.

»Danke. Ich glaube, Sie sind der Erste, der mir das

sagt. Wissen Sie, dass eine Lehrerin mich einmal im Musikunterricht gebeten hat, nicht so laut zu singen? Sie meinte, ich würde mit meinem Gesang die anderen ständig von der Melodie abbringen. Ich war vielleicht zehn oder elf Jahre alt und habe mich so geschämt. Danach habe ich nie wieder laut irgendwo gesungen. Also zumindest nicht, wenn ich nüchtern war.«

Während sie leise weiterredete, lauschte sie angestrengt in die dunkle Höhle hinein.

»Ich weiß auch nicht, warum mich das so getroffen hat. Die anderen Kinder haben gelacht und einige Zeit lang immer angefangen, absichtlich fürchterlich schief zu singen, wenn ich in der Nähe war.«

Sie wusste nicht, warum gerade diese Erinnerung jetzt in ihr aufkam, aber sie spürte, dass es dem Mann vor ihr eigentlich egal war, solange er nur überhaupt ihre Stimme hörte.

»Gavin, wollen Sie nicht mit mir gemeinsam einmal singen, wenn das hier alles vorbei ist? Bei Mr Kelvin im Pub? Wir ölen unsere Stimmen vorher mit einem oder zwei Pints, vielleicht macht Mrs Kelvin ja auch zur Feier des Tages etwas Besonderes zu essen? Was ist Ihr Lieblingsessen?«

Sie hielt seine Hand und strich ihm sanft über die Haare. Er hatte so lange ausgehalten, sie würde es der Welt nicht verzeihen, wenn er jetzt auf den letzten Metern aufgeben würde.

»Steaksandwich? Oder vielleicht doch ein Sunday Roast?«

»Muschelpastete.«

»Muschelpastete? Ehrlich? Das ist doch phantastisch! Ich werde nachher, sobald wir hier raus sind, bei Mrs Kelvin anrufen und einen ganzen Berg Pasteten für uns bestellen.«

Sie hörte Schritte und sah kurz darauf, wie etwas Licht in die Höhle fiel. Sam war wieder da. Erleichterung machte sich in ihr breit.

»Hilfe kommt. Sie schicken den Rettungshubschrauber, und aus Rosehaven sind Helfer unterwegs, um uns hier raus zu bekommen. Sie bringen eine Trage und Licht mit. Nur noch wenige Minuten.«

»Warte draußen auf sie und zeig ihnen den Weg. Ich bleibe solange hier.«

Sam zögerte zwar, nickte dann aber und lächelte ihr zu.

»Gut. Du tapfere George.«

Sam ging noch kurz zu dem anderen Mann und verließ dann wieder die Höhle. Mags schluckte schwer, als sich erneut die Dunkelheit über sie legte. Wie hatten die beiden Männer das so lange ausgehalten?

»Miss?« Gavins heisere Stimme klang ängstlich.

»Nur noch wenige Minuten, Gavin. Kennen Sie eigentlich das Lied von den beiden Königskindern?«

Mags räusperte sich und begann vorsichtig zu singen. Und sie sang leise weiter, bis sie die Stimmen der Helfer hörte und das Licht der hellen Lampen in die Höhle drang.

20

Obwohl die Maisonne am nächsten Morgen hell und warm schien und Mags auf der windgeschützten Bank neben der Küchentür ihres Cottage saß, hatte sie das Gefühl, ihr würde wieder warm werden. In den Händen hielt sie eine bauchige Tasse mit Tee, der allerdings schon kalt geworden war. Sie konnte die Eindrücke aus der Höhle nicht abschütteln: Gavins eingefallenes Gesicht, die Kälte und die Dunkelheit. Sie hatte schlecht geschlafen und war neben Sam immer wieder hochgeschreckt, bis dieser das Licht der Nachttischlampe hatte brennen lassen.

Über ihr an der Hauswand flogen die Schwalben emsig mit den Schnäbeln voller Insekten zu ihren Jungen, um sie zu füttern. Aus dem Haus drangen die Geräusche der Dusche, unter der Sam gerade stand und versuchte, wach zu werden. Er hatte seit gestern wenig gesprochen und schien mit seinen Gedanken weit weg zu sein.

Mags streckte die Beine aus. Sie sollte aufstehen, sich einen neuen heißen Tee holen und dann rüber zu den Scheunen gehen, um an einigen Aufträgen zu arbeiten. Aber ihre Beine waren schwer, und sie mochte ihren sicheren Platz vor der Hauswand nicht verlassen.

Als sie Motorengeräusch hörte, sah sie auf, um

dann leise zu fluchen. Ein gelbes Auto – mit Bob am Steuer. Sie seufzte. Warum musste einer ihrer ältesten Freunde unbedingt Journalist sein?

Bob stieg aus und setzte sich zur ihr auf die Bank.

»Wenn du als Reporter auf der Suche nach einer guten Geschichte kommst, hau ab.«

Bob griff sich mit einer theatralischen Geste an die Brust.

»Ich würde doch niemals ...«

Mags zog die Augenbrauen hoch, und er ließ seine Hand sinken und grinste sie frech an.

»Nun gut, ich würde. Aber ehrlich gesagt komme ich aus einem anderen Grund. Oder aus zweien.«

Mags seufzte.

»Die da wären?«

Bob griff nach ihren Händen.

»Die sind ja eiskalt!«

Er rieb sie, und Mags merkte, wie ihr wärmer wurde. Bobs Energie tat ihr gut.

Nachdem sie so einige Minuten gesessen hatten, lehnte Bob sich vor.

»Besser. Also den wichtigeren Grund zuerst: Ich wollte sehen, wie es dir geht. Einfach nur so. Es muss ganz schön heftig gewesen sein, die beiden so zu finden.«

Mags wusste, dass da gerade ihr Freund Bob sprach, nicht der Reporter. Sie lehnte sich an ihn.

»Es war beängstigend. Ich habe immer noch ganz weiche Knie. Wer tut so etwas?«

Aus Bobs Stimme hörte sie ehrliches Entsetzen.

»Ich weiß es nicht, es ist grausam. Ich kann mir nicht vorstellen, was die beiden Männer durchgemacht haben.«

Schweigend saßen sie nebeneinander und blickten auf den Garten. Aus dem oberen Stockwerk hörten sie aus dem geöffneten Fenster des Arbeitszimmers das Rascheln von Papier und Sams Murmeln. Er schien nach dem Duschen direkt an die Arbeit gegangen zu sein. Seine Bücher waren sein Zufluchtsort. Ihr Mann würde seinen eigenen Weg finden, mit dem Erlebten umzugehen.

Bob räusperte sich.

»Und der zweite Grund hat dann doch etwas mit meiner Arbeit zu tun.«

Er zögerte, und Mags blickte ihn verwundert an. Bob konnten ja viele Eigenschaften nachgesagt werden, aber Unsicherheit oder Zögerlichkeit gehörten nicht dazu.

»Was ist denn los?«

»Ich glaube, ich habe Jim mit meinem Artikel über Wendy ganz schön verärgert.«

Mags richtete sich auf und sah ihren Freund an.

»Nicht nur Jim.«

»Ja, ich weiß. Ich bin zu weit gegangen. Habe mich hinreißen lassen von der Geschichte. Und es tut mir wirklich leid. Und um es wiedergutzumachen, wollte ich Jim vorhin besuchen, mich entschuldigen und ihn warnen. Aber er hat mich von seinem Hof verscheucht.«

»Du hast dich verscheuchen lassen?«

»Na ja, er hatte ein Gewehr.«

»Jim? Nie im Leben! Er hasst Waffen.«

Mags fand die Vorstellung, dass Jim mit seinen ausgeblichenen T-Shirts mit den Aufdrücken der Friedenstaube und ähnlicher Symbole eine Waffe in die Hand nehmen würde, völlig absurd. Sogar seine Maulwürfe und Wühlmäuse versuchte er, mit friedlichen Mitteln zu einem Umzug zu bewegen.

»Nun, die Waffe, die er auf mich gerichtet hat, sah echt aus.«

Mags musste das erst einmal verdauen.

»Wovor wolltest du Jim denn warnen?«

»Vor Phyllis Armstrong, unserer neuen Chief Inspectorin.«

»Ich hatte schon das Vergnügen.«

»Ah, dann hast du also schon eine Dosis von ihrem Charme abbekommen. Sie war heute schon früh bei mir in der Redaktion und wollte wissen, woher ich die Informationen über Wendy habe.«

Mags sah auf.

»Sie wollte, dass du deine Quellen verrätst?«

»Ja.«

Bobs Tonfall machte deutlich, was er von der neuen Besetzung für Erics Position hielt.

»Ich habe natürlich nichts gesagt, aber geschickt, wie ich bin, habe ich dafür einiges von ihr erfahren.«

»Du hast ihr Honig ums Maul geschmiert.«

Bob grinste und nickte.

»Eine meiner Spezialitäten.«

Er war sichtlich stolz auf sich.

»Sie hat zwar nur Andeutungen fallenlassen, aber nach einem weiteren Anruf bei einer Freundin von mir war alles klar. Sie hat einen Antrag auf einen Haftbefehl für Wendy und auch für Jim gestellt.«

Mags stand so schnell auf, dass sie die Teetasse von der Banklehne warf. Sie zerbrach auf den Gehwegplatten in tausend kleine Stücke.

»Sie hat was?«

»Anscheinend gibt es eine belastende Aussage von einem der beiden Männer. Er meint, eine Frauenstimme gehört zu haben und von einem kräftigen Mann in die Höhle gebracht worden zu sein. Und sie haben in der Höhle wohl noch etwas gefunden. Was, weiß ich nicht, aber es soll ausreichend belastend sein, um den Haftbefehl zu erwirken.«

»Du wolltest Jim warnen?«

»Ich wollte, dass er vorbereitet ist. Aber wie gesagt, er und sein kleines Gewehr haben mich davon abgehalten.«

»Ich rufe ihn an.«

»Das habe ich auch schon versucht. Er hat sein Telefon ausgeschaltet.«

»Verdammt.«

Mags drehte sich um und rief nach Sam.

»Komm sofort runter! Wir müssen zu Jim.«

Mags biss die Zähne zusammen, als sie auf dem Rücksitz von Bobs Auto in den engen Kurven auf der Straße zu Jims Hof hin und her geschleudert wurde.

Sie kannte Jim und sein Temperament zu gut. Wenn

die Polizei auf seinem Hof auftauchte ... Sie machte sich wirklich Sorgen.

Jim lebte für seine Freiheit, und sein Freiheitsbegriff ging weiter als der einiger anderer Menschen. Er verzichtete größtenteils darauf, Geld zu nutzen, und hatte ein gut funktionierendes Netzwerk aufgebaut, um die Dinge, die er nicht selbst produzieren konnte, einzutauschen gegen seine Arbeit als Tischler oder was auch immer gerade gesucht war. Seinen alten Hof hatte er so umgebaut und ausgestattet, dass er autark war. Er war nicht ans Stromnetz angeschlossen, sondern nutzte die Solarzellen und das kleine Windrad am Haus. Er besaß wenig elektrische Geräte und heizte mithilfe des großen Lehmofens. Statt eines Kühlschranks hatte er einen Vorratskeller. Durch die abgelegene Lage seines Hofes durfte er noch die Sickergrube und das Brunnenwasser nutzen – keine Wasserleitung führte zu ihm. Er hatte einen langen Kampf gegen das Straßenamt der Gemeinde geführt, da er kein Straßenschild an der Abzweigung zu seinem Hof dulden wollte.

Als Bob abbremste und etwas langsamer in den Feldweg abbog, der zu Jims Hof führte, sah Mags, dass das Straßenschild zurzeit völlig von Efeu zugewuchert war. Mags grinste. Jim musste den Efeu irgendwo ausgegraben und am Schild neu eingesetzt haben – bei ihrem letzten Besuch war von den grünen Blättern nämlich noch keine Spur zu sehen gewesen.

Doch als sie um die letzte Kurve fuhren, war auch

schnell klar, dass das zugewachsene Schild kein Hindernis für die Polizei gewesen war.

Quer auf dem Hof standen zwei Streifenwagen, und daneben ein schwarz lackierter Geländewagen mit abgedunkelten Fenstern.

Bob hielt seinen Wagen an, und Mags wandte sich an Sam.

»Ruf Eric an! Vielleicht kann er helfen.«

Sie wartete nicht, bis Sam zu seinem Telefon griff. Neben den Männern hatte sie die Silhouette einer schmalen Frau erkannt.

»Mags!«

Bob versuchte noch, sie aufzuhalten, sie schüttelte seine Hand jedoch ab und stieg aus.

»Komm mit, wenn du eine gute Geschichte haben willst.«

21

»Das ist ein Einsatz. Verschwinden Sie.«

»Was ist hier los?«

»Mr Cartwright hat sich seiner Verhaftung widersetzt und dabei einen meiner Beamten verletzt. Nun hat er sich in seinem Haus verbarrikadiert. Er ist bewaffnet. Ein Einsatzkommando wird gleich hier sein.«

Mags musste wie immer, wenn jemand Jim bei seinem Nachnamen nannte, kurz überlegen, wer gemeint war.

»Verletzt?«

Sie sah sich um, und ihr Blick fiel auf einen Beamten, dessen Uniform an der Brust einen hellen Abdruck in Form einer Hand trug.

»Du bist Kevin Murd, oder?«

Der junge Polizist antwortete nicht.

»Jim hat dich vor einigen Jahren zusammen mit deinen Freunden dabei erwischt, wie du in sein Gewächshaus eingebrochen bist, richtig?«

Immer noch Schweigen.

»Du warst damals ganz schön wütend. Irgendjemand hat mir erzählt, dass der junge Murd jetzt bei der Polizei ist. Gratulation.«

Immer noch nichts. Mags sah vom roten Gesicht des jungen Polizisten zu dem Abdruck der Hand auf seiner Uniform. Sie versuchte es noch einmal.

»Du weißt, dass ich mit deiner Mutter und deinen beiden Tanten im Gartenverein bin? Ich wette, sie werden großes Interesse daran haben, dass Jim dich bei einem Einsatz verletzt hat. Ich denke auch, ich sollte sie gleich anrufen und ihnen davon erzählen.«

Der junge Mann sah erschrocken auf und blickte dann von ihr zu Phyllis Armstrong.

»Er hat mich angegriffen.«

»Ja? Wie?«

Schweigen. Mags merkte, wie Phyllis Armstrong etwas sagen wollte, und sprach schnell weiter.

»Geschlagen? Er ist zwar älter, aber doppelt so groß wie du. Dann hättest du mehr als einen Fleck Mehl auf deiner Uniform davongetragen.«

»Sergeant Murd, ich …«

Die Inspectorin wurde von Bob unterbrochen.

»CI Armstrong, was können Sie mir zu den …«

Mags nutze ihre Chance und lächelte den jungen Polizisten an.

»Komm schon, was wolltest du sagen?«

»Er hat einfach gelacht und mich aus der Küchentür geschoben.«

»Ah. Gut. Auf diese Art verletzt also.«

Mags drehte sich zu CI Armstrong um, die sichtlich angewidert zugehört hatte. Bob kritzelte eifrig auf den Notizblock, den er aus seiner Hosentasche gezogen hatte.

»Was auch immer zu Beginn vorgefallen ist, Mr Cartwright hat sich einer Verhaftung widersetzt. Er ist in seinem Haus und hat eine Waffe. Wir warten, bis das Spezialkommando da ist.«

»Gut.«

»Was?«

»Gut.«

Phyllis Armstrong sah Mags skeptisch an und wandte sich dann an die beiden Polizisten.

»Constabler? Bringen Sie bitte diese Leute zum Auto und sorgen Sie dafür, dass sie umgehend das Grundstück verlassen.«

»Ich als Vertreter der Presse …«

Bobs Protest wurde unterbrochen.

»Oh nein, das ist eine akute Gefahrensituation. Ich darf Sie, ohne mit der Wimper zu zucken, von hier entfernen lassen. Also los! Sie und Miss Blake gehen mir jetzt aus den Augen.«

»Mrs Blake.«

»Wie auch immer. Sie verschwinden, und zwar jetzt!«

Mags drehte sich um und ging in Richtung Auto, Bob folgte ihr sichtlich verwirrt.

»Und jetzt, willst du …«

»Halt sie auf, bitte.«

Mags hatte leise gesprochen, wartete nicht auf Bobs Reaktion und spurtete los in Richtung Haus.

22

»Hallo.«

Als sie die Küchentür erreicht hatte, wurde sie auch schon von Jim ins Haus gezogen.

»Komm doch rein.«

In der Küche sah nichts danach aus, dass draußen ein Haufen Polizisten nur darauf wartete hereinzustürmen. Wendy saß mit einer Tasse Tee in der Hand auf der Eckbank des alten Küchentisches. Jim stand an seiner Arbeitsplatte und belegte seelenruhig einen ausgerollten Teig mit Stücken von Rhabarber und Erdbeeren. Es duftete nach den Früchten, Butter und Zucker. Und wie immer lag über allem der leicht würzige Geruch der Kräuter, die Jim an der Decke seiner Küche zum Trocknen aufgehängt hatte. Alles könne ganz normal sein – nur war es das eben nicht. Mags sah ihn eindringlich an.

»Jim. Da draußen steht die halbe Polizei Cornwalls. Sie sagen, du würdest hier drinnen mit einer Waffe stehen und dich der Verhaftung widersetzen.«

»Sagen sie das? Mmm. Das stimmt so nicht ganz.«

Mags sah sich um, und ihr Blick fiel auf eine alte Schrotflinte, die neben der Küchentür lehnte.

»Ein Gewehr? Du?«

»Es gehörte dem Vorbesitzer. Ich habe es benutzt, um Vögel aus den Obstbäumen zu verscheuchen.«

»Hast du damit die Polizisten bedroht?«

»Natürlich nicht! Aber wenn sie das Gewehr gesehen haben und daraus die falschen Schlüsse ziehen, ist das wahrlich ihr Problem.«

»Jim! Das ist kein Spiel.«

»Nein. Ist es nicht. Die sind hier mit ihren Streifenwagen und Blaulicht auf den Hof gefahren und dann in mein Haus gestürmt. Sie haben ohne eine Erklärung oder sonst etwas versucht, Wendy Handschellen anzulegen und sie dabei äußerst unsanft gegen den Tisch gestoßen. Das geht so nicht, und genau das habe ich den jungen Polizisten versucht, deutlich zu machen. Ich lasse es nicht zu, dass sich jemand auf meinem Grund und Boden und in meinem Haus so benimmt.«

Seine Augen leuchteten vor Wut.

»Und so wie es aussieht, brauchen Wendy und ich ohnehin noch ein wenig Zeit, bevor wir hier rausgehen und uns verhaften lassen.«

»Zeit? Wofür?«

Mags schaute verwirrt von Jim zu Wendy. Sie schmunzelte leicht.

»Ich habe vorhin meinen Anwalt angerufen, er hat sich sofort in sein Auto gesetzt und müsste gleich hier sein. Wir werden wohl Unterstützung brauchen.«

Jim grummelte und schüttelte den Kopf.

»Wir sollten da erst gar nicht mitmachen!«

Wendy seufzte.

»Jim. Die haben einen Haftbefehl. Wir werden da wohl oder übel mitspielen müssen. Aber ich werde nicht ohne Anwalt hingehen. Und ich will wissen, was diese Polizistin in der Hand hat, um uns verhaften zu lassen.«

Jim schüttelte den Kopf.

»Da wir nichts mit der Sache zu tun haben, kann es nur heiße Luft sein. So sehe ich das. Das ist Schikane.«

Wendy stellte ihre Teetasse ab.

»Darüber haben wir doch schon gesprochen.«

Sie wandte sich an Mags.

»Wie geht es den beiden Männern? Du hast sie gefunden?«

»Ja. In der Slate-Höhle.«

Sie sah, wie die Frau erschrocken die Lippen zusammenpresste.

»Ich kenne die Höhle. Terry und ich haben als Kinder dort verbotenerweise gespielt.«

»Die beiden lagen dort schon seit ihrem Verschwinden. Gefesselt. Roger ist verwirrt, aber er scheint es körperlich besser weggesteckt zu haben. Gavin liegt noch im Krankenhaus. Er hat mehr abbekommen und ist stark unterkühlt. Sie befürchten, dass er eine Lungenentzündung hat.«

»Oh nein! Wie schrecklich.«

Mags trat einen Schritt auf Wendy zu und sah ihr in die Augen.

»Wendy? Als ich ihn fand, da hat er zu mir gesagt, er hätte deine Stimme gehört.«

Jim wollte gerade wieder lospoltern, aber Wendy brachte ihn mit einer kleinen Bewegung ihrer Hand zum Schweigen.

»Dann muss er sich getäuscht haben. Ich habe nichts damit zu tun.«

Mags versuchte, in ihren Augen irgendeinen Hinweis zu finden, ob sie die Wahrheit sagen. Sie war sich sicher, dass der alte Mann in der Höhle nicht gelogen hatte. Aber auch Wendy blickte sie ruhig an, und nur das Zittern der Tasse in ihrer Hand ließ ihre Anspannung erkennen.

»Ich weiß, es ist viel verlangt, mir das so einfach zu glauben. Ich weiß nicht, was Gavin gesehen oder gehört hat, ich weiß nicht, was hier vorgeht. Aber ich schwöre …«

Sie zögerte kurz, stellte dann die Tasse ab und nahm Mags' Hand in die ihre.

»Ich schwöre beim Andenken an meinen Bruder Terry, dass ich den beiden Männern kein Haar gekrümmt habe. Ich war hier bei Jim.«

Der sah Mags an, und sie erkannte immer noch Anzeichen von Wut in seinen sonst so sanften Augen.

»Mags, wenn du es wagst, mich zu fragen oder zu verdächtigen, dann …«

Sie stand auf und legte ihm ihre Hand auf den Arm.

»Nein, niemals. Du würdest so etwas niemals tun.«

Jim stieß den Atem aus und blickte dann aus dem Fenster, als ein weiteres Auto auf den Hof fuhr.

»Es geht los, das wird wohl der Anwalt sein. Mal sehen, was passiert, wenn er auf Armstrong trifft.«

Er drehte sich zu Wendy um.

»Ich wünschte, ich könnte dich irgendwie davor bewahren. Ich verstehe einfach nicht, was hier gespielt wird.«

»Ach, Jim. Ich bin schon lange kein Kind mehr. Und es wird sich schon auflösen, so oder so.«

Mags hatte vorsichtig aus dem Fenster auf den Hof geblickt, wo Phyllis Armstrong wütend in ihr Telefon schrie, während neben ihr ein Mann in einem schlichten Anzug stand, leise lächelte und ihr zuwinkte.

»Ich glaube, ihr sollt jetzt rauskommen.«

Jim wischte sich seine Hände an seiner Schürze ab und zog sie sich über den Kopf.

»Füttere bitte noch die Hühner. Und nimm den Kuchen mit. Er muss für eine Stunde bei hundertachtzig Grad in den Ofen.«

Er drückte Mags einen schnellen Kuss auf die Stirn und trat dann zusammen mit Wendy aus der Tür. Mags seufzte und griff nach dem Kuchenblech.

Sie hasste Rhabarberkuchen.

23

Als Mags schließlich selbst aus dem Haus trat, sah sie, wie Jim und Wendy in zwei der Polizeiwagen gesetzt wurden. Phyllis Armstrong warf ihr noch einen finsteren Blick zu, bevor sie in den schwarzen Geländewagen stieg und hinter den Einsatzwagen her die schmale Straße von Jims Hof weg in Richtung Truro fuhr.

Sam und Bob kamen auf sie zu. Bobs Gesicht zeigte eine Mischung aus Entsetzen und Neugierde.

»Mags, du bist immer für eine Überraschung gut!«

Sie kam nicht dazu, etwas zu erwidern, da sie sich einen Augenblick später in Sams Armen wiederfand.

»Mach das nicht noch mal!«

Seine Stimme zitterte, und Mags vergrub ihr Gesicht an seinem Shirt. Es erschien ihr besser, nichts zu sagen. Nach einem festen, frustrierten Kuss schob Sam sie von sich weg und sah sie genervt an.

»Warum, Mags, warum kannst du mich nicht ein einziges Mal in deine Pläne einweihen?«

»Oh, Sam. Es war kein Plan. Ich wollte doch nur zu Jim.«

Er winkte ab und starrte sie an. Sie hatte ihn noch nicht oft so erlebt und zog den Kopf ein. Sie hasste es, wenn Sam sauer auf sie war – und gleichzeitig stieg in ihr ebenfalls Wut auf. Sie würde sich nicht rechtfertigen, nur weil sie das getan hatte, was sie für richtig hielt.

Schweigend setzte sie sich auf den Beifahrersitz von Bobs Auto und überließ es Sam, sich und seine langen Beine auf den Rücksitz zu quetschen.

Bob, der das kühle Schweigen im Auto gar nicht bemerkt zu haben schien und fröhlich vor sich hin gesummt hatte, ließ sie oben an der Straße zu ihrem Cottage aussteigen und brauste los. Er wollte schnell nach Truro und versuchen, über einen seiner vielen Kontakte Näheres über die Vorwürfe gegen Wendy und Jim herauszufinden. Außerdem würde er so schnell wie möglich die Neuigkeiten online stellen und seinen Artikel für die morgige Gazette-Ausgabe schreiben.

Mags sah zu Sam, der neben ihr stand und immer noch wütend war.

»Sam?«

»Nein. Nicht jetzt.«

»Aber ich …«

Er schüttelte den Kopf und ging in Richtung Cottage davon.

Mags hatte nicht vor, Sam ins Haus zu folgen. Sollte er doch seine Bücher anschweigen. Sie setzte sich stattdessen in ihren Transporter und startete den Motor. Sie war rastlos und wollte wissen, wie es Jim und Wendy ging. Und da gab es eigentlich nur eine Person, die ihr weiterhelfen konnte.

An Miss Claras Cottage angekommen, stieg sie aus und ging in den Garten, wie sie es schon so viele Male getan hatte. Im Unterstand neben dem Weg stand Eric Johnson Wagen. Es war noch ein ungewohnter Anblick. Sie wusste, dass sie diesmal nicht darauf hoffen durfte, ihre ehemalige Vermieterin bei der Gartenarbeit oder in ihrer Küche zu treffen. Trotzdem lugte sie durch die Scheibe der Küchentür – aus Gewohnheit und in der fast kindlichen Hoffnung, dass alles doch nicht wahr wäre und sie dort ihre Freundin beim Backen oder Kochen antreffen würde. Die Küche war leer, auf der großen Arbeitsinsel in der Mitte des Raumes stand weder ein Kuchen noch einer der üblichen Körbe mit Gemüse oder Früchten.

Miss Clara war in der Klinik und trug einen Kampf aus, bei dem ihr Mags so wenig helfen konnte.

»Eric?«

Sie trat an die umgebaute Scheune und lächelte traurig. Für die letzten Jahre war dies ihr Zuhause und zusammen mit Miss Clara und dem Garten ringsherum ihr sicherer Hafen gewesen. Früher war die alte Scheune mit ihrer Front aus gesammelten alten Holzfenstern als Gewächshaus genutzt worden – bis Miss Clara sich nach langen Überlegungen ein neues, modernes Gewächshaus auf die andere Seite des Grundstückes hatte bauen lassen. Mags kannte die Scheune noch aus der Zeit, als ihr Vater dort mit Miss Clara über die Anzuchttische gebeugt gestanden hatte und die beiden über alte Rosensorten und die besten Arten von Dünger diskutiert hatten. Dann hatte der Schuppen leer gestanden, doch als Mags wieder nach Rosehaven gekommen war, verbittert und mit den Schulden ihres verstorbenen Mannes beladen, hatte Miss Clara ihr den Schuppen als Wohnhaus angeboten. Der Schuppen hatte einen Stromanschluss und einen dicken Bollerofen, der auch im Winter den großen Raum warmhielt. Mags hatte sich eine Schlafempore mit einer kleinen Leiter in den hinteren Teil gebaut und mithilfe eines Boilers und einigen alten Schränken eine kleine Küchenzeile improvisiert. Die Bürgerwehr des Ortes hatte auf Miss Claras Kommando hin an einem Nachmittag ruckzuck einen kleinen Anbau errichtet und dort eine Dusche und eine Toilette angeschlossen. Als dann Sam eingezogen war, hatte sich das gemütliche Heim nach und nach wie eine Sardinenbüchse angefühlt, und sie war froh, in ihrem neuen Cottage nun wieder mehr Luft und Raum zu haben. Aber trotzdem, dieser Ort würde immer etwas Besonderes für sie sein. Sie freute sich, dass nun Eric Johnson ihre wackeligen Küchenschränke und die Empore übernommen hatte.

Er hatte seine Sachen schon eingeräumt, und da, wo sie vorher die alten Pflanztische als Arbeitstische für ihr Geschäft genutzt hatte, standen nun wieder Blumentöpfe neben Säcken voller Erde und Werkzeug zum Veredeln von Rosen. Eric teilte Miss Claras Leidenschaft für die blühenden Pflanzen, und Mags fragte sich, was die beiden zusammen noch für Pläne hatten. Im gleichen Moment wurde sie von einer tiefen Traurigkeit erfasst. Pläne waren für Miss Clara und Eric gerade zu einem riesigen Luxus geworden.

Eric war in der Scheune nicht aufzufinden, und auch im Garten sah sie ihn nicht.

Sie zog ihr Mobiltelefon aus der Tasche und wählte die Nummer ihrer Freundin Mary Shifter. Vielleicht hatte die ja Zeit, sich alles anzuhören.

»Mary?«

»Mags! Das passt ja super. Ich wollte auch gerade …«

Mags hielt ihr Telefon vom Ohr ab, da Marys Stimme durch ein lautes Brummen übertönt wurde.

»Wo bist du? Ich kann dich kaum verstehen.«

»Sag mir erst, wo *du* bist.«

»Ich stehe in Miss Claras Garten, warum?«

»Sieh nach oben!«

Aus dem Telefon kam nur noch ein leises Tuten. Mary hatte aufgelegt, und Mags schüttelte den Kopf. Was sollte das? Ihre Freundin war seit nunmehr vier Monaten vom aktiven Dienst freigestellt und nach der Eröffnungsfeier wieder nach London gefahren, wo sie in der Polizeiakademie über ihren Büchern schwitzte, um die Prüfung abzulegen.

Mags trat vom Schuppen zurück auf die offene Rasenfläche, legte dann ihren Kopf in den Nacken. Doch bevor sie etwas sah, hörte sie das leise Brummen eines Motors. Tim Robins, der Pilot, war mit seiner kleinen Maschine unterwegs, um Touristen die Küste zu zeigen. Mit seinem Unternehmen Robin Fly, das er im letzten Jahr auf dem alten Sportflugplatz unweit von Rosehaven eröffnet hatte, war Tim mittlerweile sehr erfolgreich. Mags, die zusammen mit Tim vor einigen

Monaten eine Notlandung hinter sich gebracht hatte, war allerdings bisher noch nicht wieder mit ihm geflogen. Sie war der Meinung, dass sie ihr Glück kein zweites Mal herausfordern sollte.

Doch die Maschine über ihr war nicht weiß wie die von Tim, sondern glänzte rot in der Sonne. Die Flügel wackelten, wie um sie zu grüßen, und Mags schnappte nach Luft. Sollte etwa Mary das Ding fliegen?

Das konnte nicht sein, aber es gab nur eine Möglichkeit, um sicherzugehen. Sie drehte sich um und ging zu ihrem Auto, neben dem jetzt Miss Claras roter Mini parkte.

Eric stieg aus und kam auf sie zu. Sein sonst so starkes und ruhiges Gesicht wirkte eingefallen, und sie sah ihm an, dass er in den letzten Tagen sicherlich nicht viel Schlaf bekommen hatte.

»Hallo Mags.«

»Eric! Wie geht es Miss Clara?«

Mags zögerte kurz und nahm ihn dann in den Arm. Nach einem Moment merkte sie, wie er ihre Umarmung erwiderte und seine Schultern sich entspannten.

»Du siehst müde aus. Warts du bei Miss Clara?«

Mags wusste, dass es einigen Menschen merkwürdig erscheinen mochte, dass sie ihre Freundin nicht schlicht Clara nannte, sondern immer noch das Miss davorsetzte. Aber so hatte sie sie schon genannt, als sie sprechen lernte, und für sie würde es auch immer so bleiben. Es war keine Anrede, kein Zeichen von Abstand, sondern eben einfach der Name, der ihr in den Kopf kam, wenn sie an sie dachte. So oder so.

Der Inspector fuhr sich mit der Hand über die Augen und nickte dann.

»Clara hat mich weggeschickt. Sie hat ihr Zimmer bezogen, sich mit allen anderen Leuten auf der Station innerhalb von wenigen Minuten bekannt gemacht, dafür gesorgt, dass ihr Bett anders steht, und sie war gerade dabei, für den Abend jemanden zu finden, der mit ihr zusammen die Umgebung erkunden mag.«

Mags lachte leise.

»Das war so klar.«

Eric sah sie an.

»Sie hat Schmerzen und Angst. Sie sollte sich ausruhen.«

Mags schüttelte den Kopf.

»Sie kann nicht, und sie wird nicht. Ihre Art, mit Angst umzugehen, ist nun mal so. Sie wird alles und jeden dort organisieren und auf Trab halten. So ist sie. Egal, wie krank sie gerade ist.«

Eric seufzte.

»Ich weiß, ich weiß es ja. Ich soll ihr bis morgen die Kontaktdaten des Gärtners besorgen, der den Klinikgarten angelegt hat. Sie sagt, sie würde gerne mit jemandem darüber sprechen, wie man das Ganze optimieren kann.«

Mags lachte laut auf.

»Bin ich froh, dass ich nicht der arme Gartner bin, der sich morgen von Miss Clara erklären lassen muss, was er alles falsch gemacht hat. Aber sie wird damit recht haben, das macht es ja so schwierig, ihr böse zu sein.«

»Was machst du hier?«

»Ehrlich gesagt, habe ich dich gesucht.«

Sie zögerte und überlegte, ob sie Eric überhaupt von Jim und Wendy erzählen sollte.

»Lass mich raten: Phyllis Armstrong?«

»Sie hat Wendy und Jim verhaftet. Vor vielleicht einer Stunde. Es war nicht schön.«

Eric richtete sich auf.

»Sie hat was?«

»Sie hat beide auf Jims Hof verhaften lassen – und es gab dabei, nun ja, einige Schwierigkeiten.«

Über ihnen war erneut ein Motorengeräusch zu hören. Sie sahen hoch, und die roten Flügel kippten hin und her.

»Ist das Tim?«

Mags beschattete ihre Augen mit der flachen Hand.

»Ich befürchte nicht. Kommst du mit zum Flughafen? Wenn ich recht habe, dann ergibt es vielleicht Sinn, die ganze Geschichte erst dort zu erzählen.«

Eric sah sie verwundert an und runzelte die Stirn, dann hellte sich sein Blick auf, und er lachte leise.

»Du meinst …?«

24

Eric war neben Mags in den Transporter gestiegen. Auf der kurzen Fahrt zum Flughafen schwieg er und blickte aus dem Fenster. Mags musterte ihn verstohlen. Wer hätte vor zwei Jahren gedacht, dass er ihr so ans Herz wachsen würde? Sie konnte sich glücklich schätzen, dass er nun ebenfalls für Miss Clara da war. Und sie würde alles tun, um den beiden in den nächsten Monaten beizustehen.

Der Schotterweg zu Tim Robins' kleinem Flughafen war in den letzten Wochen neu aufgefüllt worden, und Mags war froh, nicht mehr in einem wilden Zickzack den Schlaglöchern ausweichen zu müssen. Auch das große Schild mit Tims Namen und seinem Firmenlogo, einem Rotkehlchen, das frech eine Pilotenmütze trug, glänzte neu. Mags wusste, dass Tims Unternehmen gut angelaufen war. Er hatte neben den normalen touristischen Rundflügen mittlerweile auch Touren für Walbeobachtungen im Programm. Die Sichtungen von Walen vor der Küste Cornwalls hatte in den letzten Jahren zugenommen und brachte viele Enthusiasten in die Region. Und dann war da noch das große Projekt der Luftarchäologie. Eher durch Zufall waren sie und Tim im letzten Jahr bei dramatischen Ereignissen auf den Zweig der Wissenschaft gestoßen. Tim, geschäftstüchtig, hatte schnell eine Zusammenarbeit mit dem Archäologen Tim Fergusson angeregt. Finanziert durch dessen Freund waren die beiden nun regelmäßig dabei, die Landschaft um Rosehaven nach historisch bedeutsamen Spuren abzusuchen.

Als Mags den Transporter neben dem großen Hangar abstellte, sah sie durch die offenen Tore Tims weiße Cessna. Also war wirklich ein zweites Flugzeug in der Luft. Sie stieg aus und schlenderte mit Eric zum Rand der Landebahn. Hinter Tims silbernem Wohnwagen, der ihm als Zuhause diente, war ein kleiner roter Sportwagen geparkt.

»Mary ist also wirklich hier.«

Auch Mags hatte den Wagen erkannt. Die sonst so vernünftige und eher zurückhaltende Polizistin hatte ein Faible für alles, was schnell war – und der rote Flitzer war eine ihrer Leidenschaften.

Mags schirmte ihre Augen mit der Hand gegen die Sonne ab und suchte den Himmel ab.

»Da kommen sie.«

Das Motorengeräusch war gegen den Wind kaum zu hören, aber die Sonne spiegelte sich in dem Flugzeug. Langsam sank es ab und setzte mit zwei kleinen Hüpfern, bei denen sich Mags' Magen zusammenzog, auf. Der Pilot ließ es bis kurz vor sie ausrollen.

Doch als Erstes kletterte nicht Tim, sondern eine junge Frau mit braunen, zu einem Pferdeschwanz gebunden Haaren aus dem Flugzeug.

»Mary!«

Mags sah ihre Freundin gequält an.

»Du bist geflogen?«

Eric trat vor und grinste seinen Sergeant an.

»Ich wusste es! Es ist rot. Es musste einfach Mary gehören.«

Tim war ebenfalls aus der Maschine geklettert und stellte sich neben Mary.

»Mary ist es nicht allein geflogen, sondern unter meiner Anleitung.«

Nachdem Mary begeistert über ihr neues Flugzeug und den Flugunterricht bei Tim erzählt hatte, setzten sie sich vor den Hangar auf die in der Sonne stehenden Bänke, und Mags erzählte von ihren Erlebnissen am Nachmittag.

Als sie geendet hatte, schwiegen alle, bis schließlich Mary das Wort ergriff. Mags konnte schon an deren Gesichtsausdruck sehen, dass ihr die ganze Sache nicht behagte.

»Er hat eine Waffe auf einen Beamten gerichtet und sich der Verhaftung widersetzt.«

Ihre Stimme war skeptisch, und sie sah Mags zweifelnd an.

»Mary! Du kennst Jim. Er ist impulsiv. Er verteidigt, was er liebt. Und er hat den jungen Polizisten nur aus seiner Küche hinausgeschoben. Er hat ihn weder geschlagen noch sonst wie verletzt. Verletzt war nur sein Stolz. Kevin Murd hat wegen der alten Geschichte maßlos übertrieben.«

Mary schien nicht überzeugt.

»Du siehst es doch auch so, oder? Er liebt Wendy und hat sie verteidigt?«

»Ja, aber ...«

»Wie weit würde er dabei gehen?«

»Nicht so weit. Niemals! Jim verabscheut es, andere Lebewesen zu verletzen.«

»Er hat eine Vorstrafe wegen Drogenbesitzes. Er ist bekannt als aufbrausend und liegt ständig im Streit mit allen Behörden. Es gab sogar Ermittlungen gegen ihn wegen des Verdachts der Gründung einer staatsfeindlichen Organisation.«

»Du kennst seine Akte?«

Mary seufzte.

»Ich habe ihn überprüft. Bei der Sache auf St. Michael's Mount war ziemlich offensichtlich, dass du von ihm irgendwelche Informationen bekommen hattest. Ich wollte wissen, warum er über den Anschlag auf das Labor und die radikalen Tierschützer so gut Bescheid wusste. Und die Antwort war einfach. Weil er selbst einer von ihnen war.«

»Genau. War! Das war in den Siebzigern! Verdammt. Die Hälfte seiner Freunde und Mitstreiter aus dieser Zeit sitzen mittlerweile als Abgeordnete im Parlament.«

»Sie haben Drogen auf seinem Gelände gefunden.«

»Was denn für Drogen? Das klingt ja, als wäre er irgendein Großdealer. Er hat zwei Cannabispflanzen in seinem Gewächshaus. Für sich selbst.«

»Drogen sind Drogen.«

»Mary! Wir reden hier über Jim.«

Die junge Polizistin sah sie zweifelnd an.

»Gavin Hunter hat davon gesprochen, dass er Wendy gehört hat. Und Roger Wood hat sogar eine offizielle Aussage gemacht, oder? Dazu kommen wohl noch weitere Hinweise. Die Täter waren zu zweit. Einer war so stark, dass er Gavin allein tragen konnte. Gavin sagt, große Hände hätten ihn gepackt. Wir mussten Jim und Wendy festnehmen.«

Mags konnte es nicht glauben.

»Jemand versucht, ihnen das in die Schuhe zu schieben.«

»Warum? Warum in aller Welt sollte jemand das tun? Wendy ist seit Jahren der Überzeugung, dass die vier Jungs von damals, die mit ihrem Bruder im Auto gesessen haben, etwas mit seinem Verschwinden zu tun hatten. Shawn starb vor zwei Jahren an Krebs. Dann taucht Wendy hier auf, und innerhalb einer Woche verschwindet zuerst Stuart Lewis und wird tot aufgefunden, dann werden Roger Wood und Gavin Hunter entführt. Und von euch in einer Höhle gefunden, die Wendys Bruder Terry anscheinend gut kannte. Manchmal ist es auch einfach genau das, wonach es aussieht.«

Mary sah von Mags zu den anderen Anwesenden.

»Ihr seht es doch auch so! Wendy übt Rache.«

Schweigen legte sich über die Runde, und Mags versuchte es noch einmal. Sie konnte nicht glauben, dass Mary ihr in den Rücken fiel und die Aktion von Phyllis Armstrong verteidigte.

»Du hast sie nicht so gut kennengelernt wie ich. So ist sie nicht. Sie ist liebevoll, humorvoll, Jim vertraut ihr und …«

»Und das heißt automatisch, dass sie keine Verbrecherin sein kann? Mags, hast du denn gar nichts gelernt in den letzten Jahren? Jeder, verdammt nochmal jeder kann ein Verbrechen begehen.«

Mags schluckte. Eric, der bisher geschwiegen hatte, nickte jetzt zustimmend.

»Ich denke, die Beweise gegen Wendy wiegen schwer. Und auch die gegen Jim.«

Mags fuhr ihn an.

»Ich will nicht, dass Jim da mit reingezogen wird!«

»Er ist erwachsen. Und er hat sehr deutlich gemacht, dass er da schon längst mit reingezogen ist.«

Mags war inzwischen richtig wütend.

»Ist denn niemand hier auf meiner Seite?«

»Doch. Ich.«

Tim Robinson hatte bisher ruhig zugehört, wie es seine Art war. Aber zu Mags' Erstaunen stand er nun auf, das Gesicht von mühsam unterdrückter Wut verzerrt.

»Ich finde, Mags hat recht. Wenn wir aufhören, den Menschen zu vertrauen, die wir kennen, dann bekommen wir ein großes Problem. Und wenn Mags Jim und Wendy glaubt, dann ist es doch unser Job als ihre Freunde, sie dabei zu unterstützen.«

Mary Shifter gab ein genervtes Stöhnen von sich, und er fuhr zu ihr herum.

»Und es ist nicht die Aufgabe der Polizei, Urteile zu fällen! Ich dachte bisher auch immer, dass dir das so wichtig ist. Dass euch das so wichtig ist!«

Er sah zuerst Eric an, und ließ dann seinen Blick lange auf Mary ruhen.

»Ich denke, Jim hat ein Recht darauf, den Menschen, den er liebt, zu verteidigen. Und ich denke, die Art und Weise, wie Wendy verhaftet wurde, ist eine Schande für die Polizei. Es gab keine Fluchtversuche. Sie hat von Anfang an ihre Kooperation zugesichert. Sie war trotz des abstoßenden Benehmens von Inspector Armstrong am nächsten Tag auf dem Revier, um so weit wie möglich zu helfen. Und dann fahren sie mit einem Streifenwagen mit Blaulicht und quietschenden Reifen auf den Hof? Ich hätte wie Jim gehandelt – und ich werde den Teufel tun, Wendy vorab zu verurteilen, nur weil angeblich Beweise gefunden wurden.«

Seine Stimme wurde leiser.

»Beweise können auch täuschen. Aber selbst wenn es welche gibt – ihr seid keine Richter, ihr seid keine Geschworenen und ...«

Seine Stimme war noch leiser geworden, was den folgenden Worten nur umso mehr Gewicht verlieh.

»Ihr seid nicht unfehlbar, nur weil ihr einen Ausweis tragt oder einen beschissenen Rang habt.«

Er strich Mags kurz über den Arm und ging dann mit langen Schritten zum Hangar und ließ die anderen in unbehaglichem Schweigen zurück.

Mags sah zu Mary, die Tim hinterherstarrte, aber keinen Versuch machte, ihm zu folgen.

Eric räusperte sich.

»Das stimmt so nicht. Phyllis hatte einen Haftbefehl, den ein Richter oder eine Richterin unterschrieben haben muss. Wir gehen nicht durch die Welt und verhaften einfach Leute auf eigene Kappe.«

Er sah zu Mags, die seine Betonung des Wortes »wir« genau gehört hatte. Anscheinend war auch Eric in diesem Fall nicht bereit, sich gegen seine Kollegin, ob unbeliebt oder nicht, zu stellen.

»Du warst doch bei den beiden Männern in der Höhle. Wer immer das getan hat, gehört hinter Schloss und Riegel. Beide Männer hätten sterben können. Gavin Hunter liegt mit einem gebrochenen Knöchel, Quetschungen und einer Unterkühlung im Krankenhaus. Mit etwas Pech bekommt er eine Lungenentzündung. Der Verantwortliche hat in Kauf genommen, die Männer dabei zu töten. Oder er wollte es sogar.«

»Aber Wendy? Eric! Du hast sie hier erlebt. Sie hat hier mit uns gegessen. Wie soll sie denn ...«

Mags wurde von Mary unterbrochen, die aufgestanden war und nach ihrer Tasche griff.

»Mags, sei nicht so naiv! Du solltest doch mittlerweile wirklich wissen, dass Menschen, egal wie nett oder freundlich sie dir vorkommen, immer auch böse sein können. Du kannst doch jemandem nicht vertrauen, nur weil er nett gelächelt und höflich mit dir Abendbrot gegessen hat. Das ist dumm – und gefährlich.«

Mags zuckte unter Marys scharfen Worten zusammen. Sie konnte nicht glauben, dass ihre Freundin sich so deutlich gegen sie stellte.

»Aber traust du Jim zu, so etwas zu tun?«

»Nein. Aber ich habe bemerkt, wie er Wendy ansieht. Ich glaube, er würde es für sie tun. Und es ist ja wahrlich nicht das erste Mal, dass Jim sich über das Gesetz stellt.«

»Du kennst Jim. Er …«

»Was? Ich gehe jetzt. Mir reicht es. Ich werde mich nicht einmischen. CI Armstrong mag ein unsympathischer Mensch sein, aber solange sie ihre Arbeit tut, ohne dabei gegen die Gesetze zu verstoßen, bin ich zumindest nicht bereit, mich gegen sie zu stellen. Nicht, weil du jemanden gernhast oder Jim jemanden gernhat. Das ist naiv, und da mache ich nicht mit.«

Sie stand auf und ging nach kurzem Zögern in Richtung Hangar. Mags sah ihr nach und blickte dann zu Eric.

»Bin ich naiv?«

Marys Worte hatten sie getroffen.

»Nein. Nicht naiv. Aber …«

Er setzte sich auf.

»Du bist ehrlich. Und du gehst davon aus, dass es die Leute um dich herum auch sind. Und du bist eher bereit, jemandem zu vertrauen als jemandem zu misstrauen.«

Mags schloss die Augen.

»Ist das nicht nur eine nettere Umschreibung für naiv?«

Eric griff ihre Hand und drückte sie.

»Nein. Das ist eine gute Umschreibung für einen Menschen, der trotz allem, was er erlebt hat, immer noch bereit ist, andere Menschen an sich heranzulassen. Und das ist eine Stärke. Keine Schwäche.«

Mags sah ihn dankbar an.

»Aber trotzdem glaubst du, ich liege mit Wendy daneben?«

»Nein, das glaube ich nicht. Ich weiß nicht, was mit Wendy ist. Ich als Privatmensch mochte, was ich von ihr erfahren habe. Und Jim ist nicht dumm. Wobei Liebe …«

Er schüttelte den Kopf.

»Aber das ist egal. Denn ich als Polizist hätte ebenfalls wie Phyllis gehandelt, wenn ich Beweise gehabt hätte. Beweise, die ein Richter geprüft und für ausreichend befunden hat.«

»Du hättest sie und Jim nicht so überfallen.«

»Ja, wahrscheinlich.«

»Hilfst du mir?«

Eric lachte.

»Du bist ja schlimmer als Clara!«

»Nein, aber ich habe viel von ihr gelernt.«

»Ich kann dir nicht helfen, diesmal nicht. Phyllis wird mir auf die Finger gucken, und Mary auch. Phyllis hasst mich und wird jede Gelegenheit nutzen, um mir Probleme zu machen.«

»Also können wir nichts tun?«

»Wendy und Jim haben einen Anwalt. Beide sind nicht dumm. Ich denke, wir müssen abwarten, was sie zu den Beweisen sagen. Und was dann passiert.«

Er lehnte sich zurück und sah sie fragend an.

»Wo ist eigentlich Sam?«

Mags wich seinem Blick aus.

»Er ist sauer auf mich, weil ich in Jims Haus gerannt bin. Er ist zu Hause und redet nicht mit mir.«

»Er macht sich einfach Sorgen. Wahnsinnige Sorgen.«

»Das muss er nicht.«

»Mags! Wie oft hat Sam erlebt, dass du in Gefahr warst? Er macht sich Sorgen – und er hat jedes verdammt Recht dieser Welt, das dazu. Geh hin und entschuldige dich bei ihm.«

Er sah über den kleinen Flughafen zu dem roten Flugzeug und ließ seinen Blick dann über die Wiesen gleiten.

»Denn die Zeit ist viel zu wertvoll, um sie mit Wut aufeinander zu vergeuden.«

Was sollte sie dagegen noch sagen? Sie stand auf und sah ihn an.

»Soll ich dich zu Miss ...«

Sie brach ab und lächelte dann.

»Soll ich dich nach Hause fahren?«

»Nein, ich laufe lieber.«

25

Am Cottage angekommen, blieb Mags noch einen Moment in ihrem Transporter sitzen. Von Sam war nichts zu sehen, wahrscheinlich hatte er sich in sein Arbeitszimmer verkrochen.

Sie hasste es, wenn er sauer auf sie war. Und sie wusste, dass Eric recht hatte und sie sich entschuldigen sollte. Aber es zu wissen, bedeutete nicht, dass es ihr in irgendeiner Weise leichter fallen würde.

Sie löste den Anschnallgurt und stieg aus. Doch statt in Richtung Haus zu gehen, folgte sie dem schmalen Weg zwischen den mittlerweile vorsichtig gestutzten Hecken hindurch in den Bereich des Gartens, der später einmal Gemüse und Kräuterbeete beherbergen sollte.

In dem von einer niedrigen Steinmauer umgebenen Stück Land war sicherlich auch früher schon der Küchengarten gewesen. Sie sah einige verholzte Stachelbeersträucher, die sie wahrscheinlich nicht mehr würde retten können. Die großen Blätter von Rhabarberpflanzen bedeckten eine der anderen Ecken. Mehr Rhabarber, als sie und Sam essen konnten – aber vielleicht würde sich im Dorf ja der ein oder andere Abnehmer finden. Oder sie würde Sam überreden, ähnlich wie Jim oder Miss Clara in die Produktion von eigenem Saft oder Sirup einzusteigen? Einige Erdbeerpflanzen hatten sich über die Jahre ein kleines Stück Beet verteidigt.

Mags ging in die Hocke, um eine der kleinen Früchte abzupflücken. Die Kulturpflanzen, die hier einmal gesetzt worden waren, hatten sich zurückgebildet und ähnelten jetzt mehr ihren wilden Verwandten. Sie würde sie ausgraben und ihnen einen anderen Ort suchen. Hier ins Beet gehörten dann doch neue Erdbeerstauden mit dicken, saftigen Früchten.

Da sie und Sam immer noch weit davon entfernt waren, in der Küche mehr als ein Rührei zu zaubern, wäre es sicherlich gut, im Küchengarten erst einmal Gemüse und Obst zu pflanzen, das man von der Hand in den Mund stecken konnte. Erbsen auf jeden Fall. Himbeeren und Johannisbeeren. Salat, wobei sich darüber wahrscheinlich eher die Schnecken freuen würden. Sie musste Jim fragen, was sein Geheimnis war, um die gefräßigen Tiere von seinem Gemüse zu vertreiben.

Kräuter! Und an der Mauer ein kleines Dach, unter dem Tomaten sicher vor Regen wachsen konnten. Möhren und Rüben. Kartoffeln, die sie dann mit Quark und Salat auf der Bank vor dem Haus essen konnten. Radieschen. Kürbisse und Zucchini wären auch gut – allerdings sollte sie dann mehr darüber lernen, was sie mit ihnen in der Küche anstellen könnte. Miss Clara würde ihr das zeigen.

Sie stand auf. Miss Clara. Die Zeit war wirklich zu kurz, um sie mit Streit zu vergeuden.

Vor der Küchentür blieb sie kurz stehen, um sich die erdigen Schuhe von den Füßen zu streifen. Dann trat sie ein. Auf dem Tisch stand die dicke getöpferte Teekanne und der feine Duft von Jasmintee, Sams Lieblingstee, lag in der Luft. Sie goss sich einen Becher ein und ging die Treppe nach oben.

»Sam?«

Sie öffnete die Tür zu seinem Arbeitszimmer und sah sich um. Er war nicht da.

»Sam?«

Keine Antwort, wahrscheinlich war er noch einmal zu einem seiner Spaziergänge aufgebrochen.

Unschlüssig blieb sie in der Tür stehen.

Einer der dunklen Ledersessel ihres Vaters stand neben einer Stehlampe mit grünem Schirm und einem Fuß aus Messing in der Ecke, umgeben von Bücherstapeln. Die Wand war gesäumt von Bücherregalen aus Metall, die Sam wohl schon seit seiner Jugend begleiteten und an denen er hing wie andere an ihrem Familiensilber. Sie waren tief und vor allem stabil genug, auch schwere Bildbände zu tragen. Vor den Büchern standen Andenken und Kuriositäten, die ihr Mann gesammelt hatte. Mags stellte ihren Becher vorsichtig auf ein Regalbrett und griff nach ihrem Lieblingsstück der Sammlung.

Die kleine Porzellanfigur eines lesenden Kindes war angeschlagen und die Farben verblasst und abgerieben, aber noch immer konnte man erahnen, wie bunt und intensiv sie gewesen sein mussten. Sam hatte sie als Kind auf einem Flohmarkt in Moskau gesehen, und seine Mutter hatte sie ihm gekauft. Er war viel mit ihr gereist, da sie früher als Violinistin der Londoner Symphoniker auf der ganzen Welt unterwegs gewesen war.

Mags stellte die Figur wieder ab und trat an Sams Schreibtisch, den er vor das Fenster geschoben hatte. Sie selbst konnte nicht so lange im Sitzen und ohne den freien Himmel über ihrem Kopf arbeiten, aber Sam vergaß hier oben Zeit und Raum.

Wie immer war die Arbeitsplatte überdeckt mit einer wilden Mischung aus Zetteln und aufgeschlagenen Büchern, herausgeschnittenen Zeitungsartikeln, Postkarten und Computerausdrucken mit Texten und Bildern. Eine Tasse mit Tee stand neben dem aufgeklappten Laptop, der brummte, aber dessen Bildschirm dunkel war. Sie zögerte und drückte dann auf die Leertaste. Sams Bildschirmschoner leuchtete auf – ein Bild der Insel St. Michael's Mount. Mags lächelte. Dort hatten sie sich zum ersten Mal geküsst. Quer über der Tastatur lag ein Zettel, der mit Notizen in Sams ausgreifender und schwer zu entziffernder Schrift bedeckt war. Sie beugte sich vor, um die Wörter besser lesen zu können.

Höhle, Versteck, Opfer.

Dann ein Wort, das sie nicht lesen konnte. *Truc?* Sie schüttelte den Kopf. Woran er wohl gerade arbeitete? Sie wünschte, er würde deutlicher schreiben. Jedes Mal, wenn Sam etwas auf dem Einkaufszettel notierte, der am Kühlschrank hing, war es mit einiger Mühe verbunden, die Wörter zu entziffern. Wie seine Studenten in der Lage gewesen waren, seine Anmerkungen zu lesen, war ihr ein Rätsel. Aber vielleicht hatten sie es erst gar nicht versucht und nur auf die Benotung am Ende der Arbeiten gesehen.

Dann entzifferte Mags einige Zahlen, Seitenzahlen wahrscheinlich. Aber auf welches Buch sie sich bezogen, war ihr nicht klar. Auf dem Tisch lagen einige Bände mit den Abenteuern der Fünf Freunde.

Sie richtete sich auf und sah aus dem Fenster. Keine Spur von Sam. War er so sauer auf sie? Normalerweise sagte er ihr immer Bescheid, wenn er länger unterwegs war. Es sei denn …

Leise fluchend rannte sie die Treppe hinunter und dann auf Socken zum Transporter. Ihr Mobiltelefon lag in dem großen Korb auf dem Beifahrersitz. Ausgeschaltet. Sie schaltete es an, und ihr wurden zwei verpasste Anrufe von Sam angezeigt. Und eine Nachricht von ihm auf der Mailbox:

»Hallo Mags. Wo bist du? Ich mache mir Sorgen. Du solltest dein Telefon anlassen, wenn du schon wegfährst, ohne mir Bescheid zu sagen.«

Mags schnaubte. Wer war denn schweigend ins Haus gelaufen, ohne mit ihr zu sprechen? Aber Sams Stimme klang schon wieder viel mehr nach seiner üblichen leisen Belustigung – so wie es aussah, war er nicht mehr allzu wütend auf sie.

»Na ja, wahrscheinlich versuchst du, Eric oder Mary zu erreichen und nach Informationen auszuquetschen. Ich hoffe, du findest etwas heraus und erzählst es mir nachher?«

Der Kerl kannte sie einfach zu gut – einer der Gründe, warum sie ihn hatte heiraten müssen. Sie merkte, wie ihr ein großer Stein vom Herzen fiel. Sam war nicht mehr wütend auf sie. Wahrscheinlich würde er ihr nachher noch mal einen Vortrag halten, oder – was schlimmer wäre – ihr ein schlechtes Gewissen machen, aber das musste sie ihm wohl zugestehen.

»Ich werde jetzt noch mal zu der Höhle rausfahren und einige Fotos machen, solange es hell ist. Recherche für mein Buch. Ich hab da die eine oder andere Idee. Du kannst es dir ja schon mal mit einem Glas Wein gemütlich machen. Bis nachher!«

Mags starrte auf ihr Telefon und auf das Bild von Sam. Rausgefahren? Mal kurz? Sollte das jetzt eine Retourkutsche sein, weil sie heute ohne ihn zu Jim gerannt war? Sollte sie sich Sorgen machen, war das eine Art Lehrstück, um ihr klarzumachen, wie es sich anfühlte?

Sie schnaubte erneut, blickte auf das alberne Bild und seufzte dann.

Was auch immer Sams Absicht gewesen war oder nicht, sie machte sich Sorgen. Und eine kleine Stimme in ihrem Ohr sagte ihr auch, dass Sam vielleicht nicht wegen irgendwelcher Recherchefotos zur Höhle gefahren war. Er wollte herumschnüffeln – und nutzte seine Arbeit nur als Vorwand. Die Höhle würde ihm ja nicht weglaufen.

Sie überlegte kurz, zog dann die Tür hinter sich zu und rannte zu ihrem Transporter. Von wegen, mit einem Glas Wein auf ihn warten!

26

Immer noch schimpfend setzte sich Mags hinter das Steuer ihres Transporters und ließ den Motor an.

Sie würde ihm hinterherfahren. Sie würde nicht zu Hause sitzen bleiben und darauf warten, dass er wiederkäme. Er hatte schon am Nachmittag so abwesend gewirkt, und die vielen Zettel auf seinem Schreibtisch mit seinen Notizen verhießen nichts Gutes.

Mags ging in Gedanken noch mal die Stunde in der Höhle durch. Was verdammt nochmal war Sam aufgefallen? Was störte ihn?

Während sie mit der einen Hand den Wagen aus der Zufahrt vom Cottage auf die Straße Richtung Küste lenkte, schaltete sie mit der anderen Hand die Freisprechanlage an. Mr Smith, der Automechaniker Rosehavens, hatte auf dieser Anlage bestanden.

»So wie ich dich kenne, Margaret Blake, wirst du doch während der Fahrt am Telefon hängen. Und da das sowohl gefährlich als auch verboten ist, bekommst du von mir die Anlage eingebaut. Ob du willst oder nicht.«

Mr Smith hatte recht behalten, und Mags freute sich, als durch die Fahrerkabine ein lautes Tuten erklang.

»Das ist die Mailbox von Eric Johnson. Bitte hinterlassen Sie mir eine Nachricht.«

»Eric. Ich bin's, Mags. Sam ist noch mal zu den Höhlen gefahren, angeblich wegen einer Recherche. Aber ich glaube ihm das nicht, er war schon gestern so komisch. Ich fahre ihm hinterher, aber um nicht den gleichen Fehler wie er zu machen, sage ich dir Bescheid.«

Sie drückte den Schalter an ihrem Lenkrad, um aufzulegen, zögerte kurz und zuckte dann mit den Schultern. Sie hatte keine Lust, Mary anzurufen. Und Eric war bekannt dafür, sein Mobiltelefon normalerweise nicht aus den Augen zu lassen. Wahrscheinlich hatte er auf dem Weg zurück vom Flughafen durch die Wiesen und den niedrigen Wald einfach keinen Empfang.

Und sie würde den Teufel tun, sich an Phyllis Armstrong zu wenden – nur, weil Sam in den Höhlen herumwühlte. Vielleicht wollte er ja wirklich nur etwas für sein Buch nachforschen. Zuzutrauen wäre es ihm, aber Mags glaubte nicht daran.

»Der heckt irgendetwas aus.«

Sie parkte den Wagen halb auf der Straße gegenüber dem schmalen Feldweg, der zu den Klippen führte, und stieg aus.

Im hohen Gras neben dem Weg lag Sams Fahrrad, das er bei Wind und Wetter nutzte, um sich das Dorf und die Umgebung anzusehen.

Sie wollte schon nach ihm rufen, aber irgendetwas hielt sie davon ab. Aufmerksam sah sie sich um, und das komische Gefühl in ihrem Bauch verstärkte sich. Sam würde nie sein Fahrrad einfach so ins hohe Gras fallen lassen. Nie. Er hatte zu viel Angst vor Schlangen. Immer suchte er sich einen Flecken aus, der nicht hoch bewachsen war. Auch wenn in Cornwall keinerlei Gefahr von den paar harmlosen Nattern ausging, die hier lebten, war Sams Angst größer als sein Wissen. Und doch lag das Fahrrad jetzt so, dass er mit ihm mitten ins Gras gefahren sein musste. Warum sollte er das tun? Auf der anderen Seite des Weges war eine Art Wendebucht für Autos, die nicht bewachsen war.

Mags runzelte die Stirn. Es war albern. Vielleicht hatte Sam ja einfach wirklich in Gedanken sein Fahrrad ins Gras geworfen.

Sie ging den Weg entlang und suchte erneut den gut versteckten Eintritt zur Klippentreppe. Von Sam keine Spur, die Flut hatte ihren Höchststand längst überschritten, und das Wasser war wieder dabei, Zentimeter um Zentimeter des breiten Sandstrandes freizugeben. Mags konnte keine Fußspuren im Sand erkennen, aber wahrscheinlich hatten die kleinen Wellen vor einer halben Stunde noch fast bis an die Klippen geschlagen. Und sicherlich war Sam in Gedanken einfach losgelaufen, ohne Rücksicht auf seine Schuhe. Schuhe, die jetzt wahrscheinlich klitschnass waren.

Mags sprang von der letzten Stufe im Felsen auf den Sand und ging in Richtung Höhle.

Sicherlich würde sie Sam gleich in der vorderen Höhle finden, wo er eifrig und ohne auf die Zeit zu achten, Stichworte in eines seiner schwarzen Notizbücher schrieb, die Kamera vergessen neben ihm.

Wieder wollte sie ihn rufen, doch sie zögerte. Nicht nur der Gedanke an die Fledermäuse hinderte sie daran. Das Fahrrad im Gras, Sams Notizen, die für sie keine Bedeutung hatten ... Sie war beunruhigt. Aber bestimmt sah sie nur Gespenster. Trotzdem rief sie nicht, sondern kletterte leise in die vordere Höhle.

Jetzt, im Licht der tiefer stehenden Sonne, das durch den niedrigen Gang drang, strahlten die Wände der Höhle und glitzerten geheimnisvoll. Die Wände und Nischen, an denen die früheren Bewohner von Rosehaven den Schiefer ausgebrochen hatten, wirkten wie Eingänge zu einer anderen Welt. In den Senken der Höhle stand noch ein Rest des durch die Flut hineingedrückten Wassers. Es war dunkel, aber nicht so finster wie beim letzten Mal. Sobald sich ihre Augen an das wenige Licht gewöhnt hatten, sah sie sich schnell um.

Kein Sam, kein Rucksack, keine Bücher oder liegen gelassene Notizbücher. War er überhaupt hier? Vielleicht war er ja auch einfach oben an der Klippe spazieren gegangen.

Eine Wolke musste sich vor die Sonne geschoben haben, und für eine endlos lange Minute wurde es sehr dunkel in der Höhle. Als dann erneut etwas Sonnenlicht durchschien, bemerkte Mags doch etwas, das anders war als bei ihrem letzten Besuch. An der Wand des Tunnels, der zur hinteren Höhle führte, war unter dem ersten Kreidestrich ein zweiter aufgetaucht.

27

Sam schuldete ihr mehr als nur ein Glas Wein, wenn sie hier wieder raus wären. Mags fluchte leise und tastete sich an der Tunnelwand entlang auf das schwache Licht zu. Was tat er dort bloß? Aber sie hatte Sam schon an den unwahrscheinlichsten Orten in Gedanken oder in ein Buch versunken gefunden – eine Höhle kurz vor Anbruch der Dunkelheit wäre auf der Liste absurder Orte noch nicht mal unter den ersten Plätzen.

Das Licht wurde heller, und sie bog erleichtert um die letzte Ecke, um dann wie versteinert stehen zu bleiben.

Wenige Meter vor ihr lehnte Sam an einer der Wände, das Gesicht vor Schmerz verzerrt und mit einer blutenden Wunde an der Stirn. Er hatte die Augen geschlossen, aber zu ihrer Erleichterung bewegte er die Lippen, und sie konnte seine leise Stimme hören.

»Ich hatte mir schon gedacht, dass Sie es waren.«

Mit wem sprach er da?

»Wie sind Sie darauf gekommen?«

Erst jetzt wurde ihr klar, dass das Licht ja nicht von Sam kam, sondern von der anderen Seite der Höhle. Hinter dem Lichtkegel der Taschenlampe konnte sie die dunklen Umrisse eines Menschen erkennen. Eines

Menschen, in dessen Hand sie nun eine Waffe aufblitzen sah. Mags zog sich vorsichtig in den Gang zurück. Sam!

»Sie haben nach Kaffee gerochen.«

Seine Stimme war leise, aber zitterte nicht. Mags hoffte, dass das ein gutes Zeichen wäre.

»Was?«

Die andere Stimme gehörte zu einem Mann, so viel war klar. Und Mags hatte sie schon einmal gehört.

»Als ich Sie auf die Seite drehte und Sie stützte, haben Sie nach Kaffee gerochen.«

Sam sprach weiter, und Mags hielt die Luft an, als ihr klar wurde, wer der zweite Mann war.

»Drei Tage in einer Höhle, gefesselt – und dann Kaffeegeruch?«

Sie hörte ein Lachen. Das Lachen machte ihr mehr Angst als alles zuvor.

»Sie haben Kaffee an mir gerochen und daraus geschlossen, dass ich es gewesen sein musste? Erstaunlich. Erstaunlich schlau, so etwas zu bemerken. Und erstaunlich dumm, dann hierherzukommen.«

Es war einen kurzen Moment still, und Mags lugte vorsichtig um die Ecke. Jetzt, da sie es wusste, konnte sie in den Umrissen hinter der Taschenlampe Roger Wood erkennen.

»Warum sind Sie überhaupt hierhergekommen? Warum sind Sie nicht zu Ihren Freunden bei der Polizei gegangen?«

Sam stöhnte und schob sich an der Mauer ein Stück höher.

»Weil es nur eine Ahnung war, eine Idee. Und ich wollte es erst überprüfen.«

»Sehr löblich, Herr Doktor, oder? Aber wie wollten Sie das überprüfen?«

»Eine weitere Höhle, oder? Ein Versteck, mit Essen und Kaffee, einer Decke? Sie konnten es nicht riskieren, die Höhle zu verlassen, der Weg an den Klippen ist zu offen. Aber sie würden auch nicht wie ihr Opfer die Tage frierend und hungrig auf dem nackten Fels verbringen, habe ich recht?«

»Ah, das haben Sie sich also zusammengereimt. Aber ich sage Ihnen, falls – also nur *falls* es so sein sollte – dann würde ich es ohne mit der Wimper zu zucken drei Tage hier unten aushalten. Gavin war schon immer ein Schwächling.«

Mags schloss die Augen und hoffte, Sam irgendwie mit der Kraft ihrer Gedanken davon abzuhalten, sein Gegenüber weiter zu provozieren. Entweder funktionierte es, oder Sam hatte selbst erkannt, dass er besser vorsichtig sein sollte. Sie musste Hilfe holen! Vorsichtig zog sie das Telefon aus ihrer Tasche und schirmte das Licht des Displays mit ihrer Jacke ab. Aber natürlich hatte sie in der Höhle keinen Empfang.

»Haben Sie es jemandem erzählt?«

»Nein.«

»Sie haben es doch sicherlich Ihrer Frau erzählt, oder? Die kleine Blake ist doch bekannt dafür, überall ihre Nase hineinzustecken!«

Mags zuckte zusammen und hätte fast das Telefon fallen lassen, als sie ihren Namen hörte.

»Nein! Niemandem.«

»Erstaunlicherweise glaube ich Ihnen sogar. Sonst wären Sie sicherlich nicht allein hier aufgetaucht. Aber was ich jetzt mit Ihnen mache, weiß ich leider noch nicht.«

Mags wagte einen weiteren Blick um die Ecke und sah, wie Sam sich mühsam aufrichtete und sich mit schmerzverzerrtem Gesicht an die Wand lehnte. Seine Stimme drang klar wie immer durch die Höhle.

»Das ist eine spannende Frage, Mr Wood. Ich glaube, dass Sie ehrlich gesagt nicht mehr viel machen können. Wenn ich verschwunden bin, wird es noch mehr Licht auf die Sache werfen. Wendy Adams und Jim sitzen beide gerade jetzt auf dem Revier in Truro. Ich wurde vor einer Stunde noch wohlauf gesehen, sogar von CI Armstrong höchstpersönlich. Den beiden können Sie also mein Verschwinden nicht in die Schuhe schieben.«

Sam schien ernsthaft über das Problem nachzudenken.

»Zumindest fällt mir dafür kein guter Plan ein.«

»Ach ja?«

Mags hielt die Luft an. Sein Ton war sachlich, nicht unfreundlich oder anklagend, fast schon höflich gewesen, aber sie wusste nicht, wie der Mann hinter der Waffe darauf reagieren würde. Es blieb eine Weile still, dann sprach Sam einfach weiter.

»Ich denke, Sie werden bis jetzt noch halbwegs glimpflich davonkommen. Gavin hat eine Unterkühlung und wird im Krankenhaus behandelt. Da die Ermittler ja nicht völlig dumm sind, ist an seinem Bett eine Wache platziert.«

»Ah, ja. Die Polizistin schien mir wirklich nicht auf den Kopf gefallen.«

»Nein. Sie hat auch eine erweiterte Obduktion von Stuart Lewis angeordnet, aber ich denke, da wird auch der beste Gerichtsmediziner nichts finden, oder?«

Woher wusste Sam das alles? Oder dachte er sich das gerade aus?

»Ich habe keine Idee, wovon Sie sprechen.«

Das Licht in der Höhle zitterte leicht. Hoffentlich machte Sam keinen Fehler.

»Nein? Ich denke, da wird Ihnen niemand das Gegenteil beweisen können. Sie sind schlau. Und gerade, weil Sie so schlau sind, wissen Sie wahrscheinlich schon, was Ihre einzige Möglichkeit ist.«

»Sie meinen, ich sollte mich stellen?«

»Ich meine, Sie könnten, wenn Ihre Geschichte gut ist, mit einem blauen Auge davonkommen.«

»Ja, das denken Sie. Eine Überreaktion? Aus Angst vielleicht? Jemand hat mich und Gavin hierhergebracht, und ich konnte mich befreien, war aber zu erschrocken, um zu reagieren? Daher bin ich neben Gavin geblieben. Und Ihren Kaffeegeruch haben Sie sich einfach eingebildet?«

Mags steckte das Telefon in die Tasche zurück. Sie wollte Sam nicht allein lassen, sie musste sich etwas überlegen.

»Gerüche lassen sich schwer nachweisen. Ich könnte ihn auch einfach vergessen.«

»Das stimmt, und es wäre für Sie auf jeden Fall das Beste, aber ...«

»Aber?«

»Aber es gibt da ein kleines Problem.«

Jetzt nahm Mags doch einen Hauch von Unsicherheit in Sams Stimme wahr, und ihre Angst wurde größer. Was, wenn der Mann seine Waffe benutzen würde? Bis Hilfe da wäre, würde es dauern. Sie konnte nicht gehen. Konnte Sam doch nicht allein lassen!

Roger Wood sprach weiter, und die Kälte in seiner Stimme ließ Mags zittern.

»Wenn Gavin seine kleine Lungenentzündung überlebt, was ich natürlich hoffe, und dann hört, dass Wendy überhaupt nichts mit der Sache zu tun hat ... also dann könnte er, nur hypothetisch gesprochen, dann könnte er von Terry erzählen.«

Der Name hallte schwer und unheilvoll durch die Höhle, und Mags zitterte nun am ganzen Körper. In Rogers Stimme war eine Wut zu hören gewesen, die sich in Sekunden in der ganzen Umgebung ausbreitete. Sie musste einen Weg finden, Sam zu helfen. Und zwar schnell.

»Terry. Darum geht es also. Es ist doch sicherlich fünfzig Jahre her. Was auch immer passiert ist, was sollte Ihnen nach fünfzig Jahren drohen?«

Mags wusste, dass Sam damit auf die Verjährungsfristen anspielte. In England und Cornwall gab es wenige Verbrechen, für die man nach so langer Zeit noch belangt werden konnte. Ein umstrittenes, aber gültiges

Prinzip des Common Law, das oft zu heftigen Diskussionen führte.

»Einige Dinge verjähren nicht.«

»Ah. Ich hatte so etwas befürchtet.«

Mags schloss die Augen. Vorsätzlicher Mord war von der Verjährung ausgeschlossen. Das war Schulwissen in England.

Sams Stimme hatte nun einen anderen Ton angenommen. Mags hörte ihn immer, wenn er einer wissenschaftlichen Frage nachging. Vielleicht war das gar nicht so schlecht, und er konnte Roger so ablenken. Ablenken, bis sie einen Plan hatte, wie sie Roger überwältigen konnte. Sie zog erneut ihr Telefon aus der Tasche. Vielleicht, vielleicht ...

»Aber die Gerichte sind in den letzten Jahren ja immer mehr dazu übergegangen, die Regelungen für Körperverletzung mit Todesfolge anzuwenden. Ich habe einen Artikel darüber gelesen, erst vor Kurzem. Ohne den Nachweis eines Vorsatzes wird es schwierig, eine Tat als Mord einzustufen Und wenn es Körperverletzung mit Todesfolge war, ist es verjährt.«

Sam präsentierte Roger Wood hier eine scheinbar einfache Lösung.

»Ja. Der Vorsatz.«

Das Licht bewegte sich wieder, und Mags beugte sich vorsichtig vor. Roger war einige Schritte auf Sam zugegangen, die Waffe in der Hand. Sie musste schnell sein.

»Sehen Sie, da liegt vielleicht das Problem.«

Er schien zu überlegen, doch als er weitersprach,

wusste sie, dass er beschlossen hatte, Sam nicht am Leben zu lassen. Ihre Hand umschloss das Mobiltelefon, und sie atmete tief durch.

»In der Nacht, als Terry verschwand, waren wir hier. Genau hier. Die anderen dachten, wir wollten ihm nur eins auswischen. Ihm sein großes Maul stopfen. Vielleicht dachte ich das am Anfang auch.«

»Was ist passiert?«

Sam stand nun mit dem Rücken an die Wand gelehnt und stöhnte. Er würde nicht fliehen können. Mags biss sich auf die Lippen. Sie hatte Angst, das Falsche zu tun.

»Wir haben ihn in der Höhle gelassen, ohne Licht. Wir dachten, der kleine Schisser würde erst am nächsten Tag verheult wieder auftauchen, und dann hätte er seine Lektion in Bescheidenheit gelernt.«

»Und?«

»Wir waren aber gerade mal einige Minuten aus der Höhle raus, kletterten die Felsen hinauf, als ich ihn sein Lied pfeifen hörte. Tom Tom turnaround. Ich habe es schon damals gehasst. Er hatte den Ausgang gefunden, rief uns grinsend zu, dass er die Höhle wie seine Westentasche kenne, und kam uns am Strand entgegen. Die anderen klatschten und grölten, als hätte er sonst was für eine Leistung erbracht.«

Mags atmete langsam wieder aus. Das war es. So könnte es klappen. Sie zitterte und betete, dass sie das Richtige täte.

»Er kletterte hinter uns her und grinste in die Runde. Als er mich sah, lachte er mir ins Gesicht. Ich habe ihn gestoßen, er fiel und kam auf den Felsen unterhalb der Treppe auf. Es war einfach.«

Mags beugte sich so leise wie möglich vor und suchte auf dem Boden nach einem passenden Stein. Jetzt kam es auf Schnelligkeit an.

Sams Stimme klang ruhig, er wirkte erstaunt.

»Aber kein Gericht dieser Welt kann Ihnen Vorsatz beweisen. Ein Streit unter Teenagern, ein Unfall.«

Roger blieb stehen und schien nachzudenken. Dann seufzte er leise auf.

»Nein, oder? Nur dass er noch nach meiner Hand griff, als er fiel. Ich hielt ihn. Er bat mich, ihn hochzuziehen, festzuhalten. Die anderen wollten auch nach ihm greifen. Wollten ihn wieder auf die Treppe ziehen. Zusammen hätten wir es locker geschafft.«

»Aber?«

Mags spannte alle Muskeln an und hob ihren Arm. Das Licht des Displays schien kurz in die Höhle, bevor sie es schnell wieder abdeckte. Sie hoffte, dass Sam es bemerkt hätte. Sie stand versteckt genau in seinem Blickfeld. Roger hatte ihr den Rücken zugekehrt.

»Aber ich sah wieder vor mir, wie er mich auf dem Fußballplatz auslachte, als er die von mir verpatzte Flanke noch annahm, hörte die Zuschauer jubeln. Sah, wie der Coach ihm auf die Schulter schlug. Der kleine Hurensohn wollte meinen Platz. Und den würde er nicht bekommen.«

Hatte Sam sie gesehen? Roger schien nun so in seiner Erinnerung gefangen zu sein, dass ihm das zusätzliche Licht nicht aufgefallen war.

»Also stieß ich ihn noch mal, so fest, wie ich es beim ersten Mal schon hätte tun sollen. Es war ganz einfach. Wissen Sie, es ist eigentlich auch später immer ganz einfach gewesen.«

Mags drückte auf das Display, und der schrille Alarmton ihres Weckers piepste ohrenbetäubend laut in der kleinen Höhle auf. Die Fledermäuse stoben von der Decke und flatterten durch den Raum. Roger fuhr zu ihr herum, und sie warf mit aller Kraft den Steinbrocken gegen ihn, bevor sie sich zu Boden fallen ließ. Die Waffe und die Taschenlampe knallten zusammen mit dem Mann auf den Boden. Mags krabbelte hektisch in die Höhle. Sie wollte nach Sam rufen, aber biss sich schnell auf die Lippe. Ihr Handy piepste immer noch im Gang hinter ihr, wo sie es liegen gelassen hatte, dann hörte es auf. Die Höhle war jetzt nur noch erfüllt vom Flattern der Fledermäuse und dem schweren Atem Roger Woods'. Mags suchte fieberhaft den Boden vor sich nach der Waffe oder der Lampe ab.

Sam war so schlau, kein Geräusch von sich zu geben, und sie hoffte, dass er noch fit genug gewesen war und sich während ihrer Aktion irgendwo in Deckung gerollt hatte.

Sie konnte hören, wie vor ihr jemand auf dem Höhlenboden ebenfalls nach etwa suchte. Rogers Stimme erklang etwa einen Meter neben ihr, und sie erstarrte. Es war so dunkel, sie konnte die Hand nicht vor Augen sehen.

»Wollen Sie nicht losrennen und Hilfe holen? Aber was, wenn ich dann meine Waffe nehme und sie auf Ihren Mann richte. Ich habe sie nämlich gefunden. Und er ist hier, genau vor mir. Ich kann ihn sehen.«

Mags war sich sicher, dass niemand von ihnen in der stockdunklen Höhle etwas sehen konnte, aber sie hielt trotzdem die Luft an.

Was nun? Sollte sie loskriechen und damit verraten, wo sie sich befände? Was, wenn der alte Mann es wirklich geschafft hatte, seine Waffe in der Hand zu behalten?

Sie zögerte, und dann drang ein leises Pfeifen an ihr Ohr. Sie erkannte die Melodie sofort. Tom Tom turnaround. Jemand pfiff Terrys Lied!

»Was?«

Das Pfeifen schien aus dem hinteren Tunnel zu kommen, tief aus den Gängen.

»Nein! Das kann nicht sein!«

Mags hörte, wie Roger sich irgendwo vor ihr hektisch umdrehte.

Das Lied erklang erneut.

»Nein! Das ist ein Trick …«

Mags hatte ihren Schrecken überwunden und suchte weiterhin nach der Lampe auf dem Höhlenboden, doch Roger war schneller. Plötzlich wurde sie von einem strahlendweißen Licht geblendet und sah blinzelnd in den Lauf einer Waffe.

»Die kleine Blake, wusste ich es doch.«

Mags ließ sich vorsichtig auf die Fersen zurücksinken und starrte Roger an. Der Stein, den sie geworfen hatte, musste seinen rechten Arm und die Hand getroffen haben. Blut sickerte zwischen seinen Fingern hervor, die zitternd die Waffe umfassten.

Vor ihr auf dem Höhlenboden lag eine zischend brennende Sicherheitsfackel.

»Wo ist dein Mann? Wenn er nicht rauskommt, dann …«

Wieder ertönte das Pfeifen aus dem hinteren Tunnel, und Roger fuhr herum.

»Was …?«

Doch bevor er weitersprechen konnte, tauchte Sam vor ihm auf und schlug zu.

28

»Du hast gepfiffen, oder?«

Sam nickte und stöhnte dann auf.

Die Sanitäter hatten die Wunde an seiner Stirn gesäubert, geklammert und unter einem dicken Pflaster versteckt. Sie waren nicht glücklich über Sams Entscheidung gewesen, nicht mit ihnen ins Krankenhaus zu fahren, hatten ihn aber neben Mags in der offenen Tür des Transporters sitzen gelassen und sich um Roger Wood gekümmert.

»Diesmal hast du dem Richtigen das Handgelenk gebrochen.«

Mags schüttelte irritiert den Kopf.

»Aber das Pfeifen klang, als würde es tief aus der Höhle kommen, als käme es von irgendwo hinter Roger.«

»Ich hatte schon beim ersten Mal den Eindruck, als könnten die Nischen etwas Besonderes ein. Ihre Form erinnerte mich so sehr an etwas, was ich einmal in einem gotischen Dom gesehen habe. Ich wollte es wegen der Fledermäuse nur nicht ausprobieren.«

Mags verdrehte die Augen. Es war ja klar, dass Sams Antwort absurd wäre und irgendetwas mit Geschichte zu tun hätte.

»Verdreh nicht die Augen. Man nennt das Flüsterbogen. Es gibt bestimmte runde Formen, die den

Schall weitergeben, sozusagen an sich entlang wandern lassen, das hat etwas mit …«

Sam brach ab.

»Du hast ja recht. In kurz: Ich habe gehofft, dass die Höhle mein Pfeifen weitertragen und verzerren würde. Dass es dann so gut klappte, war allerdings pures Glück.«

Mags wurde blass.

»Also wenn es nicht geklappt hätte und Roger in die Richtung des Pfeifens geschossen hätte …«

»Hat er aber nicht.«

Mags wollte etwas sagen, aber in diesem Moment trat Phyllis Armstrong zu ihnen an den Transporter.

»Wir nehmen ihn mit.«

Sam sah auf.

»Gut. Er hat Terry Adams getötet. Und er ist der wahre Entführer von Gavin Hunter.«

»Ja, das wissen wir.«

Sam blickte sie fragend an.

»Aber woher …«

»Ihre Frau hat in der Höhle alles aufgezeichnet. Wir haben also Mr Woods' Geständnis. So wie es aussieht, können wir ihn damit überführen. Gavin Hunter wird auch aussagen, er hat wohl schon mit Stuarts Sohn gesprochen. Wir gehen davon aus, dass auch Stuarts Tod kein Unfall war. Er stellte in seinem Wunsch, mit Wendy zu reden, eine zu große Gefahr dar.«

Mags dachte an den Strohhut und die grünen Augen darunter und schluckte.

»Also sind Wendy und Jim wieder auf freiem Fuß?«

»Ja.«

Mags wartete, aber mehr schien die Polizistin dazu nicht sagen zu wollen.

»Na, dann ist ja alles gut.«

Mags richtete sich auf und half Sam, auf die Beine zu kommen. Sie hatte keine Lust, sich mit der Chief Inspectorin auseinanderzusetzen und wollte nur noch heim. Doch die sichtbar wütende Frau stellte sich ihr in den Weg.

»Oh nein, nichts ist gut. Ich möchte Sie hiermit warnen. Wenn Sie oder Ihr Mann oder einer Ihrer Freunde – und das betrifft auch Eric oder Sergeant Shifter – mir noch einmal in einer Ermittlung in die Quere kommen, dann werde ich alle mir verfügbaren Mittel einsetzen, um Sie davon abzuhalten oder Sie zu bestrafen.«

»Oh, kein Danke, oder …?«

Mags wich erschrocken zurück, als Phyllis Armstrong einen Schritt vortrat und nun fast direkt vor ihr stand.

»Das ist kein Witz. Kein Spiel und kein Scherz. Halten Sie sich raus. Lassen Sie uns die Arbeit tun, für die wir ausgebildet sind. Oder …«

»Was?«

»Oder Sie werden beim nächsten Mal nicht schnell genug sein. Oder jemand, der Sie liebt, wird nicht schnell genug sein.«

Phyllis hatte geflüstert und sie dabei nicht aus den Augen gelassen. Mags konnte für einen kurzen Moment erahnen, dass hinter der offensichtlichen Feindseligkeit der Polizistin vielleicht noch etwas ganz anderes steckte.

Doch bevor sie etwas sagen konnte, drehte Phyllis Armstrong sich um und ließ sie stehen.

29

Mags rückte zum wiederholten Male Sams Krawatte zurecht und sah sich kritisch im Spiegel an. Das Kleid, in St. Ives angefertigt, war aus Leinen genäht, mit etwas Spitze besetzt, und schmiegte sich an diesem heißen Julitag angenehm an ihre Haut.

»Wenn ich mich setze, knubbelt alles.«

Sams Mitleid schien sich allerdings deutlich in Grenzen zu halten.

»Sei bloß still! Wir haben siebenundzwanzig Grad, und ich trage Hemd und Krawatte!«

Mags grinste ihn über den Spiegel hinweg an.

»Aber es steht dir verdammt gut, und sei froh, dass es kein Frack geworden ist.«

Sam sah sie entsetzt an.

»Frack? Es stand ernsthaft ein Frack zur Diskussion?«

Mags lachte und griff nach seiner Hand.

»Wir sollten losgehen, die anderen warten sicherlich schon.«

Als sie den schmalen Weg zwischen den blühenden Rosen entlanggingen, merkte Mags, wie aufgeregt sie war. Unter dem Rosenbogen mit den süßlich duftenden Kletterrosen hielten sie an.

»Sam?«

»Ja?«

»Glaubst du, es wird alles gut?«

»Heute?«

Mags nickte und sah ihn nervös an.

»Klar. Du hast das alles doch bis ins Kleinste geplant.«

»Und dann?«

»Und dann werden wir einfach Tag für Tag sehen, wie es weiter geht. Hab Vertrauen!«

Mags stellte sich auf die Zehenspitzen und gab ihm einen Kuss.

»Danke.«

»Oh, nichts zu danken. Und, Mags?«

»Ja?«

»Glaubst du, ich habe nachher Chancen, die erste Brautjungfer abzuschleppen?«

Sie sah ihn mit hochgezogenen Augenbrauen an.

»Das könnte wohl möglich sein.«

Sie zupfte ein letztes Mal seine blaue Krawatte zurecht, die die gleiche Farbe wie ihr Kleid hatte. Dann verschwand Sam, um seine Aufgabe zu erfüllen.

Als sie hinter sich Schritte hörte, drehte sie sich mit angehaltenem Atem um.

Miss Clara kam, zwar dünn und blass, dafür aber mit einem strahlenden Lächeln im Gesicht auf sie zu. Jim, der ihr Brautführer war, stützte sie vorsichtig und war in seinem weißen Hemd mit Krawatte und langer Hose kaum wiederzuerkennen. Mags lachte, als sie sah, dass er an den Füßen trotz aller Feierlichkeit seine üblichen Sandalen trug.

Miss Clara hatte ein schlichtes weißes Kleid an, auf dem ihr Brautstrauß aus unzähligen bunten Rosen leuchtete wie eine Kiste voller Diamanten. Um den Kopf hatte sie sich ein weißes Seidentuch im Stil der zwanziger Jahre geschlungen.

Mags stiegen Tränen in die Augen.

»Margaret Mary Blake. Wehe, du fängst jetzt an zu heulen. Ich warne dich!«

Miss Clara griff nach ihrer Hand und sah sie mit einem Lächeln an.

»Danke.«

Mags schluckte den Kloß hinunter, der sich in ihrem Hals breitgemacht hatte.

»Oh nein, kein Danke. Ich freue mich so!«

Sie sah, wie Sam sich am Ende des Gartens vor dem dort aufgebauten Blumenbogen aufstellte. Die Musik setzte ein.

»Los geht's! Jim, du wartest, bis ich bei Sam bin, dann bringst du die Braut nach vorne.«

Mags trat zwischen die Stuhlreihen, die fast die gesamte Rasenfläche bedeckten. Ganz Rosehaven und zahlreiche Bekannte aus der Umgebung waren gekommen, um an der Feier teilzunehmen. Die Küche des Cottages war in ein riesiges Buffet verwandelt worden, und Mr Kelvin hatte in der Auffahrt seinen Grill schon vorgeheizt und saß nun neben seiner Frau unter den Gästen, das Gesicht vor Hitze und Freude gerötet.

Mags ging langsam den Gang entlang und blickte in so viele fröhliche Gesichter. Alle waren gekommen, keiner hatte es sich nehmen lassen, diesen Tag zu etwas Besonderem zu machen. Gulliver hatte den Blumenbogen zusammen mit Jim gebaut und zwinkerte ihr zu. Albert hatte zur Feier des Tages sein Fischerhemd gegen ein weißes Hemd getauscht. Mags war sich sicher, dass ihn viele so nicht erkennen würden. Die Damen des Gartenvereins hatten sich in die Organisation des Buffets gestürzt und sich in ihre schönsten Kleider und Kostüme geschmissen. Wie es sich gehörte, trugen sie eine abenteuerliche Mischung aus Hüten, die farblich zu ihren Kleidern passten und der Queen zur Ehre gereicht hätten. Die Mitglieder der Bürgerwehr hatten die Stühle aufgebaut und Erics neues Zuhause in eine große Bar umgewandelt. Der Männerchor des Dorfes, die berüchtigten Rosehaven Singers, hatten sich nicht lumpen lassen und waren geschlossen im Schottenrock aufgelaufen. Mags machte unter ihnen das fröhliche Gesicht von Tim Robins aus und zwinkerte ihm zu. In den Stuhlreihen waren auch viele Uniformen zu sehen, und Mags hoffte sehr, dass die Polizeibeamten diese nach der Zeremonie ablegen würden. Bevor das halbe Polizeirevier von Truro einen Hitzeschlag erlitte.

Bob stand zusammen mit seiner besten Fotografin bereit, um alles festzuhalten. Mary Shifter stand als zweite Brautjungfer schon neben dem Blumenbogen, ihr Kleid und ihr Blumenstrauß waren etwas heller als das von Mags.

Vorn am Altar wartete Sam neben dem nervösen Eric Johnson, und sie hätte es nie für möglich gehalten, diesen Mann jemals so aufgeregt zu erleben. Er trug ein helles Hemd und eine mit weißen Rosenknospen bestickte Weste. Mags war froh, dass er sich gegen eine Uniform entschieden hatte.

Sie ging auf ihn zu, küsste ihn zu seiner und ihrer Überraschung auf die Wange und stellte sich dann neben Sam. Jim und Miss Clara gingen Schritt für Schritt durch die Reihen. Die Rosehavener standen auf. Miss Claras Füße schienen kaum den Boden zu berühren, so vorsichtig wurde sie von dem großen Mann an ihrer Seite gestützt. Eric ging ihnen ein paar Schritte entgegen und ergriff Miss Claras Hände. Dann traten beide zusammen vor, um sich vor Mags, Sam und all ihren Freunden das Jawort zu geben.

LESEPROBE

MOLLY
FLANAGHAN
Der Tag
beginnt
mit Mord
EIN KRIMI IN IRLAND
atb

1

Die Ruinen der Mühle von Ballinwroe ragten schwarz und still in den irischen Nachthimmel. Der Winter in Clare war dieses Jahr unerwartet lang und kalt gewesen, nur vorsichtig streckten die ersten Frühlingsblumen ihre Köpfe zwischen den regennassen Steinen hervor.

Ein Fuchs hatte unter der Mühle einen alten Kaninchenbau bezogen und ausgebaut. Auch wenn es ungewohnt für seine Art war, so dicht an Menschen zu leben, so hatten die Gärten mit ihren Mäusen und Schnecken und die oft nur achtlos verschlossenen Mülleimer ihm in diesem rauen Winter ausreichend Nahrung geboten. Er war ungestört, nur ab und zu spielten Kinder hier, kletterten auf den schweren Mühlstein und erzählten sich schaudernd Geschichten über den Geist des letzten Müllers, dessen Klagen in mondlosen Nächten angeblich in der Ruine zu hören waren.

Die Mühle selbst hatte bis vor vierzig Jahren ihren Dienst getan. Das Mühlrad, gespeist durch den breiten Fluss, war mehr als hundert Jahre lang stetig in Bewegung gewesen, um den schweren Mahlstein anzutreiben. Doch dann wurden die Aufträge weniger, die Bauern lieferten ihr Getreide an die großen Betriebe in Ennis. Die Zeit der Wassermühle war vorbei. Doch der alte Müller hatte trotzig weiter jeden Morgen das Mühlrad mit dem schweren Hebel ins Wasser gelassen und beobachtet, wie die Kraft des Flusses das Mahlwerk in Bewegung versetzte. Bis er eines Tages – es war die letzte Nacht des Jahres – ein Seil am Mühlstein befestigte, das andere Ende zu einer Schlinge band, es sich um den Hals legte und ein allerletztes Mal das Rad zu Wasser ließ. Die Schulden zu groß, die neue Welt zu fremd. Seine Frau fand ihn und rief den Priester. Der schnitt ihn los, warf Seil und Schlinge in den Fluss. Sollte doch Gott über ihn richten, er würde es nicht tun. Und so hielten die Dorfbewohner die Totenwache für ihren Müller, trugen ihn in allen Ehren zu Grabe, und die Mühle verfiel.

Viele Jahre später brach ein Feuer aus und zerstörte das Mühlrad und den hölzernen Dachstuhl. Der Mühlstein zersprang unter der Hitze, die Außenmauern fielen zusammen. So kam es, dass die Mühle, die dem Dorf Ballinwroe ihren Namen gegeben hatte, ihre Überreste still und schwarz in den Nachthimmel streckte.

Bis diese Stille gestört wurde.

Der Fuchs, eine tote Maus zwischen seinen spitzen Zähnen, verharrte im Windschatten der eingefallenen Mauer und lauschte.

»Du hast mich also doch gefunden. Irgendwie habe ich immer darauf gewartet.«

Die erste Stimme klang fest, ruhig, doch er konnte die Angst des Menschen riechen.

»Es hat lange gedauert.«

Die andere Stimme war tiefer, bedrohlich. Die Menschen schienen den Fuchs nicht zu bemerken. Er blieb sitzen und lauschte mit schräg gelegtem Kopf.

»Was willst du? Geld?«

Ein Lachen, das in einem tiefen Knurren endete.

»Als ob Geld …«

»Ich –«

»Nein! Geld? Du fragst ernsthaft, ob ich Geld will?«

Ein Geräusch, ein Schlag durchfuhr die Nacht. Der Fuchs lugte um die Ecke, jederzeit zur Flucht bereit, die Maus lag vergessen vor seinen Füßen.

»Lass mich doch erklären, was …«

Der Geruch von Angst wurde immer stärker. Der Mensch hielt sich die Hände vor das Gesicht.

»Oh nein, keine Erklärungen mehr, kein Geschwätz mehr von dir.«

»Verstanden. Was willst du dann?«

»Kannst du dir das nicht denken?«

»Doch. Aber ich werde es dir nie verraten. Lieber …«

»Lieber stirbst du? Wolltest du das sagen? Dich heldenhaft opfern? O nein, so einfach werde ich es dir nicht machen. Ich habe dich beobachtet. Du hast hier Freunde gefunden, oder? Familie? Ich werde nicht dich töten. Ich werde sie töten. Ihnen wehtun. Unfälle, vielleicht ein Feuer, nachts? Die Türen verschlossen. Das passt doch. Und du wirst zusehen und um deine Schuld wissen. Also sag mir, was ich wissen will: Wo ist er?«

Der Fuchs bewegte sich noch etwas weiter hinaus aus seinem Versteck.

»Nein!«

Ein Wimmern.

»Sag mir, wo er ist, und ich werde gehen. Und nie wiederkommen.«

Die Stimme des Menschen war lauter geworden, als wiegte er sich schon als Sieger. Doch der Fuchs konnte jetzt riechen, wie die Angst des anderen Menschen so stark geworden war, dass sie sich verwandelte, sich umkehrte in Stärke. Wut. Auch er kannte das. Trieb er eine Maus zu weit, wurde ihre Angst zu groß, drehte sie sich in der letzten Sekunde um und biss zu. Spitze, kleine Zähne, die sich in seine Nase schlugen und ihn zum Innehalten zwangen. Wollte man töten, musste man schnell sein.

Doch der Mensch vor ihm war blind, glaubte, schon gewonnen zu haben. Ein Fehler.

»Nein!«

Plötzlich senkte sich Stille über die Mühle. Der Mond war durch die Wolken gebrochen, und sein Licht traf auf einen glänzenden Gegenstand. Der Fuchs zog sich zurück und rannte zum Eingang seines Baues.

»Fahr zur Hölle!«

Ein Schuss zerriss die Nacht, dann ein zweiter und ein dritter. Der Fuchs kroch tiefer und tiefer in seinen Bau, wo er blieb, auch als der süße Geruch von Blut an seine Nase drang. Erst mit der Morgendämmerung verließ er ihn und kehrte nie wieder zu der alten Mühle zurück.

Er und seine Art hatten auf den Feldern dieses Landes etwas gelernt: Jedem Tropfen Menschenblut, der den Boden berührte, würden hundert weitere folgen.

2

Fiona O'Connor stand auf der steinernen Türschwelle ihres Hauses und blickte, eine Tasse Tee in der Hand, in den kalten Märzmorgen. Der leise Regen fiel auf den noch wintergrauen Garten und die von flachen Steinmauern umgebenen Felder. Sie meinte, das Meer riechen zu können, und holte tief Luft. Kein Geräusch durchbrach die Stille.

Seit sie vor einigen Monaten zur Beerdigung ihrer Mutter nach Jahren zum ersten Mal wieder aus Dublin in ihr kleines Heimatdorf zurückgekehrt war, war viel geschehen. Sie hatte ihr Elternhaus, das jetzt ihr gehörte, mit seinen grob behauenen Steinmauern, den Erkern und den blank gescheuerten Holzböden nur verkaufen wollen. Ihr Plan war eigentlich gewesen, alles schnell abzuwickeln, die Vergangenheit endlich hinter sich zu lassen und dann in die Stadt zurückzukehren. Eigentlich.

Doch dann war sie nach der Beerdigung alleine den Weg vom Friedhof zum Haus gegangen, mied dabei den Kontakt zu den Dorfbewohnern Ballinwroes ebenso, wie diese sie mieden.

Sie war also den Weg gegangen, den sie als Mädchen unzählige Male gelaufen war: die kleine Straße neben der Kirche entlang, die Steinbrücke über den Fluss, an den Ruinen der alten Mühle, am Pub und dem kleinen Laden vorbei und dann den Hügel hinauf. Jeder Schritt eine Erinnerung, viele unbeschwerte, kindlich unschuldige Erinnerungen, und später dann, nach dem letzten Sommer, schwere und dunkle. Bis sie damals den Weg ein letztes Mal gegangen war, weg vom Haus, weg aus dem Dorf, weg aus dem Leben, das ihr dort gedroht hatte, nach Dublin.

Sie hatte nicht vorgehabt, jemals hierher zurückzukehren. Und doch war sie, als sie die Nachricht vom Tod ihrer Mutter erhalten hatte, in Richtung Westen geeilt. Sie wollte nur Abschied nehmen. Doch stattdessen war sie nach Hause gekommen.

Fiona spürte neben sich eine Bewegung und drehte sich lächelnd um.

»Guten Morgen, Orla.«

Orla King ließ sich auch an einem verregneten Morgen nicht davon abhalten, ihr sorgfältiges Make-up, einen Duft von Chanel, einen wild gemusterten Morgenmantel aus Seide und schmale Slipper in Gold zu tragen. So stand sie nun auf der Türschwelle des kleinen traditionellen Cottage, die Haare unter einer Art Turban aus einem silbrig schillernden Tuch versteckt. Fiona fühlte sich sofort in ein Märchen aus »Tausendundeine Nacht« versetzt. Sie lächelte.

»Très chic. Ich hätte nie gedacht, dass du jemals zu einer so frühen Stunde wach sein würdest.«

Orla zupfte eine imaginäre Fluse vom Ärmel ihres Morgenmantels und gähnte ausgiebig. Dann legte sie ihren Arm um Fionas Hüfte und blickte nach oben. Orla war klein, selbst wenn sie wie üblich ihre hohen Absätze trug, und mit den flachen Slippern wirkte sie wie eine zugegebenermaßen etwas in die Jahre gekommene Elfe.

»Werd nicht frech, Mädchen. Was meinst du, wie ich an mein Geld gekommen bin? Sicherlich nicht, indem ich tagaus, tagein bis in die Puppen geschlafen habe. Jedenfalls nicht jeden Tag.«

Fiona musste leise lachen.

Orla hatte ihr Geld und das feine Dubliner Hotel geerbt und es dann, geschickt wie sie war, zu einem der erfolgreichsten der Stadt gemacht. Sie arbeitete hart, keine Frage, aber Fiona war sich sicher, dass Orla seit Jahren nicht mehr vor dem Läuten der Mittagsglocken wach gewesen war, es sei denn, eine ihrer legendären Feiern im Salon ihrer großen Stadtwohnung hatte bis in die Morgendämmerung angehalten. Die kleine Frau neben ihr ließ ihren Blick über den nassen Garten und die Felder gleiten. Einige Schafe standen stoisch neben einer Mauer und sahen so aus, als müssten sie dringend ausgewrungen werden.

»Und du willst wirklich hier …«, Orlas schmale Hand, an der sogar schon so früh am Morgen einige funkelnde Ringe den Blick von den Altersflecken ablenkten, wies auf das Panorama vor der Tür, »… hier draußen bleiben?«

Fiona nickte. Es war verrückt, das wusste sie selbst. Niemand wollte sie hier haben. Sie war vor Jahren geflohen und hatte sich geschworen, niemals zurückzukehren. Und doch –

»Ja. Das will ich.«

Sie drehte sich zu Orla um. Orla. Mehr eine Mutter, als es ihre eigene je für sie gewesen war. Bei dem Gedanken musste Fiona schmunzeln. Würde sie je auf die Idee kommen, Orla dieses Gefühl mitzuteilen? Die elegante, eigenwillige und so lebensfrohe Frau, deren Alter wahrscheinlich eines der bestgehüteten Geheimnisse Dublins war, die vor niemandem Angst hatte und ihr Leben lang immer das aussprach, was sie dachte, steckte gerade eine schmale Zigarette in eine silberne Zigarettenspitze. *Du bist wie eine Mutter für mich.* Fiona formulierte den Satz in ihrem Kopf, aber sie wusste, Orla würde eine ihrer fein nachgezeichneten Augenbrauen heben und den Satz ins Lächerliche ziehen, einen Witz daraus machen. Gefühlsduseleien waren nicht ihre Sache. Also versuchte Fiona es anders.

»Ja, ich bleibe. Aber ich werde dich und Dublin fürchterlich vermissen. Sogar deine Zigaretten. Sogar die.«

Orla lächelte und blies wie zur Bestätigung einen kleinen Rauchkringel in die feuchte Morgenluft.

»Du wirst schneller wieder bei mir sein, als du glaubst.«